新・知らぬが半兵衛手控帖

お多福

藤井邦夫

双葉文庫

目次

お多福

新・知らぬが半兵衛手控帖

江戸町奉行所には、与力二十五騎、同心百二十人がおり、南北合わせて三百人ほどの人数がいた。その中で捕物、刑事事件を扱う同心は所謂《いわゆる》〝三廻り同心〟と云い、各奉行所に定町廻り同心六名、臨時廻り同心六名、隠密廻り同心二名とされていた。

臨時廻り同心は、定町廻り同心の予備隊的存在だが職務は全く同じである。そして、定町廻り同心を長年勤めた者がなり、指導、相談に応じる先輩格でもあった。

第一話　お多福

一

下谷広小路《したやひろこうじ》は、東叡山寛永寺《とうえいざんかんえいじ》や不忍池弁財天《しのばずのいけべんざいてん》への参拝客《さんぱいきゃく》で賑《にぎ》わっていた。

小間物屋《こまものや》『菊乃家《きくのや》』の主《あるじ》の宗兵衛《そうべえ》は、手代《てだい》の伊吉《いきち》に二百両を持たせ、不忍池の畔《ほとり》にある料理屋『笹乃井《ささのい》』を訪れた。

料理屋『笹乃井』には、口利《くちき》き屋《や》の彦八《ひこはち》と呉服屋『角菱屋《かくびしや》』主の仁左衛門《にざえもん》が鼈甲《べっこう》の櫛《くし》や笄《こうがい》を持って来ていた。

「此《これ》は此《これ》は菊乃家さん、お忙しいのにお運び頂きまして、ありがとうございます」

仁左衛門は、宗兵衛に頭を下げた。

「いいえ。角菱屋さんも貸した金の代わりに畑違いの櫛や笄を押し付けられ、お気の毒な事でして……」

宗兵衛は同情した。

「はい。それで鼈甲の櫛や笄、御出入《おでいり》を許されているお屋敷に売り歩こうかと思っていた処《ところ》、彦八さんが菊乃家の宗兵衛旦那なら纏《まと》めて買ってくれるかもと……」

仁左衛門は笑った。

「手前も最初は戸惑いましたが、彦八さんが持参した櫛と笄は上等な鼈甲。それが五十ずつあると……」

「はい。五十ずつともなれば、かなりの荷物、笹乃井の帳場《ちようば》に預けてあります」

仁左衛門は頷《うなず》いた。

「そうですか。で、鼈甲の櫛と笄、五十ずつ、〆《しめ》て二百両で宜《よろ》しいのですね」

宗兵衛は念を押した。

彦八が持ち込んだ鼈甲の櫛と笄は、一つ五両は下らない高級品だった。それが五十ずつで二百両なら安いものだ。

「はい。持《も》て余《あま》していた品物。大助かりにございますよ」

仁左衛門は、宗兵衛に頭を下げた。

「ならば、伊吉、二百両を……」

宗兵衛は、手代の伊吉を促《うなが》した。

伊吉は、箱に入れた八つの切《き》り餅《もち》を差し出した。

「此は此は、確かに。ならば、彦八さん、帳場に預けてある鼈甲の櫛と笄を……」

仁左衛門は、彦八を促した。

「はい。直《す》ぐに運んで貰《もら》います」

彦八は、座敷から出て行った。

「ならば、取引きが終わったお祝いに……」

仁左衛門は、宗兵衛の猪口《ちょこ》に酒を注いだ。

「此は此は、忝《かたじけの》うございます」

宗兵衛は、徳利《とつくり》を取って仁左衛門に酌《しゃく》をした。

「では、おめでとうございます」

宗兵衛と仁左衛門は、酒を飲んだ。

僅《わず》かな刻《とき》が過ぎた。

「遅いな、彦八さん、ちょいと見て来ます」

仁左衛門は、二百両の入った箱を持って座敷から出て行った。

宗兵衛は、手代の伊吉と二人、座敷に残された。

「旦那さま……」

伊吉は眉《まゆ》をひそめた。

「うん。ちょいと見ておいで……」

伊吉は、返事をして座敷から出て行った。

宗兵衛は、湧《わ》き上《あ》がる不安に顔を歪《ゆが》めた。

「で、その角菱屋仁左衛門と口利き屋の彦八、笹乃井から消えていましたか……」

北町奉行所臨時廻《りんじまわ》り同心の白縫半兵衛《しらぬいはんべえ》は苦笑した。

「うむ。二百両を持ったままな……」

吟味方与力《ぎんみかたよりき》の大久保忠左衛門《おおくぼちゆうざえもん》は、筋張《すじば》った細い首を伸ばして腹立たし気に告げた。

「して、宗兵衛、角菱屋に行ったのですか……」

「うむ。直ぐに京橋《きようばし》の店に駆け付けたそうだ。そうしたら、初めて逢《あ》う角菱屋仁左衛門がいた……」

忠左衛門は告げた。

小間物屋『菊乃家』宗兵衛は、二百両もの金を騙《かた》りに騙《だま》し取《と》られたのだ。

「見事にやられましたか……」

半兵衛は笑った。

「半兵衛、笑い事ではない……」

忠左衛門は、筋張った細い首を引《ひ》き攣《つ》らせ、半兵衛にぎょろ眼を向けた。

「はい。して、騙りに遭《あ》った菊乃家の宗兵衛、騙りを仕掛けて来た口利き屋の彦八と角菱屋の偽旦那《にせだんな》の仁左衛門に何か心当《こころあ》たりはないのですか……」

半兵衛は尋《たず》ねた。

「そいつが、口利き屋の彦八とは、今迄《いままで》に何度か取引きの口利きをして貰ったが、詳しい素性《すじょう》は知らないそうだ」

「そうですか……」

「うん。よし、半兵衛、後は任せた。一刻も早く、偽仁左衛門と口利き屋の彦八をお縄に致せ。良いな」

忠左衛門は、筋張った細い首を伸ばして命じた。

「えっ……」

半兵衛は戸惑った。

「用はそれだけだ。行け、吉報を待つ……」

忠左衛門は、半兵衛に背を向けて書類を書き始めた。

半兵衛は苦笑し、忠左衛門の用部屋を出た。


神田鍋町《かんだなべちょう》の裏通りに、小間物屋『菊乃家』はあった。

「あそこですね、菊乃家……」

音次郎《おとじろう》は、若い女客が出入りしている小間物屋『菊乃家』を示した。

「表向きに妙《みょう》な処《ところ》はないが、二百両も騙し取られて台所は火の車なんでしょうね」

半次《はんじ》は、小間物屋『菊乃家』を眺《なが》めた。

「きっとな。よし、旦那の宗兵衛に逢ってみる。半次、一緒に来てくれ。音次郎、菊乃家がどんな店か近所の者や奉公人にそれとなく聞き込んでくれ」

半兵衛は命じた。

「合点《がってん》です。じゃあ……」

音次郎は、聞き込みに走った。

半兵衛と半次は、小間物屋『菊乃家』に向かった。

小間物屋『菊乃家』は、櫛、笄、簪《かんざし》、元結《もとゆい》、紅《べに》、白粉《おしろい》、化粧水、紙入《かみいれ》、煙草《たばこ》入《いれ》などを売っており、客が出入りしていた。

半兵衛と半次は、座敷に通された。

「菊乃家宗兵衛にございます。北町奉行所の白縫半兵衛さまにございますか……」

「うむ。こっちは岡《おか》っ引《ぴき》の本湊《ほんみなと》の半次だ……」

半兵衛は、宗兵衛に半次を引き合わせた。

「白縫さま、本湊の親分さん、宜しくお願いします」

宗兵衛は、半兵衛と半次に頭を下げた。

「で、宗兵衛。騙り者の口利き屋の彦八、今迄にも何度か取引きの口利きをして貰っているのだな」

「はい……」

「素性や住まいは……」

「それが良く分からないのでございます」

宗兵衛は、悔《くや》し気《げ》に顔を歪めた。

「そうか。して、偽の角菱屋仁左衛門は今度の取引きで初めて逢ったのか……」

「はい。左様《さよう》にございます」

「ならば、宗兵衛。騙りを仕掛けた彦八や仁左衛門に恨《うら》まれていると云《い》うような事は……」

「さあ……」

宗兵衛は首を捻《ひね》った。

「じゃあ、旦那を恨んでいる者はいませんか……」

半次は尋ねた。

「私を恨んでいる者ですか……」

宗兵衛は眉をひそめた。

「ええ……」

「そりゃあ、商売敵《しょうばいがたき》がいて、お互いに出し抜きあっていますが、恨んでいる者は……」

宗兵衛は、困惑を浮かべた。

「いませんか……」

「ま、恨んでいる者、強《し》いて云《い》えば、お多福《たふく》ぐらいですか……」

宗兵衛は告げた。

「お多福……」

半次は、戸惑いを浮かべた。

「ええ。五ヶ月前に離縁《りえん》した女房でして、本当の名前はおそめなんですが、下膨《しもぶく》れの顔なので、私はお多福と……」

宗兵衛は苦笑した。

「五ヶ月前に離縁した女房のおそめさん……」

半次は眉をひそめた。

「ええ。あのお多福、私が若い妾《めかけ》を囲ったのを怒り、散々《さんざん》文句を云いましてね。だから三行半《みくだりはん》の離縁ですよ」

「それで、恨んでいるかもしれませんか……」

半次は訊《き》いた。

「ええ。お多福、いえ、おそめなら口利き屋の彦八を知っていますし、ひょっとしたら此《こ》の騙りを仕組んだのかもしれません」

宗兵衛は、怒りを滲《にじ》ませた。

「宗兵衛、離縁したおそめは、今何処《どこ》にいるのだ」

半兵衛は尋ねた。

「さあ、知りませんよ」

「ならば、囲っている妾の名は……」

「お、お、おこまですが……」

「おこまか。ひょっとしたら、妾も恨んでいるかもしれないからね」

半兵衛は笑い掛けた。

「そんな……」

宗兵衛は困惑した。


「へえ、菊乃家の旦那、五ヶ月前にお内儀《かみ》さんを離縁したんですかい……」

音次郎は眉をひそめた。

「ああ。商売熱心で良く働くお内儀さんでな。菊乃家の今があるのは、一緒に行商《ぎようしよう》から身を起こしたお内儀のおそめさんのお陰だよ。それなのに宗兵衛の旦那、一人で店を繁盛《はんじよう》させたような顔をして、お多福、お多福と……」

老木戸番の宇平《うへい》は、腹立たし気に告げた。

「お多福ですかい……」

音次郎は戸惑った。

「ああ。お内儀のおそめさん、下膨れのお多福そっくりだったからなあ……」

「で、離縁したんですかい……」

「ああ。ひょっとしたら、宗兵衛旦那が騙りに遭ったのは、おそめさんを離縁した罰《ばち》かもしれないぜ……」

宇平は笑った。

「罰……」

音次郎は眼を丸くした。

「ああ。罰当たりな奴だよ。宗兵衛は……」

宇平は、宗兵衛を蔑《さげす》んだ。

「そうなんですかい……」

音次郎は苦笑した。

夕陽は行き交う人々の影を長く伸ばした。

神田鍋町の裏通りには甘味処《かんみどころ》があり、店の窓から小間物屋『菊乃家』が見えた。

半兵衛、半次、音次郎は、甘味処で落ち合った。

「お多福か……」

半兵衛は苦笑した。

「ええ。離縁されたお内儀のおそめさん、宗兵衛旦那と一緒に行商をし、菊乃家を構えて繁盛させた。木戸番の宇平さんによれば、菊乃家の今があるのは、おそめさんのお陰なのに、お多福、お多福と蔑《ないがし》ろにしていたと……」

音次郎は告げた。

「それで、宗兵衛の旦那、騙りを仕組んだのは、怒り、恨んだおそめさんだと云う訳ですか……」

半次は苦笑した。

「ま、騙りを仕組んだかどうかは分からないが、おそめに逢ってみる必要はあるね」

「はい。捜してみますか……」

「うん。だが、どうやって捜すかだ……」

半兵衛は茶を啜《すす》った。

「おまちどおさま……」

甘味処の年増《としま》の女将《おかみ》が、安倍川餅《あべかわもち》を持って来た。

「おう、此奴《こいつ》は美味《うま》そうだ……」

音次郎は喜んだ。

「そりゃあもう。処《ところ》でお役人さま、菊乃家の旦那から金を騙し取った騙り者、見付かったんですか……」

年増の女将は、楽しそうに訊いた。

「いや、未だだ……」

半兵衛は苦笑した。

「そうですか……」

年増の女将は笑った。

「女将さん、何か知っているのかな……」

半兵衛は訊いた。

「いいえ。知っている事は、店の奉公人も近所の人も笑っているって事ですよ」

「ほう。評判悪いんだな、宗兵衛……」

半兵衛は笑った。

「そりゃあもう。おそめさんのお陰で店を大きく出来た癖《くせ》に、おそめさんをお多福お多福と馬鹿にした挙句《あげく》、妾を囲って追い出して……」

「罰当たりですかい……」

音次郎は苦笑した。

「ええ。その通りですよ」

年増の女将は笑った。

「そのおそめだが、今何処でどうしているか知っているかな……」

半兵衛は尋ねた。

「それが、二、三日前に来たお客が云っていたんですけど、おそめさん、本郷界隈《ほんごうかいわい》で小間物の行商をしているのを見掛けたそうでしてね。偉い人ですよ」

年増の女将は感心した。

「小間物の行商……」

半兵衛は、緊張を滲ませた。

「ええ……」

「旦那……」

半次は、身を乗り出した。

「よし。明日から本郷界隈で小間物の女行商人捜しだ」

半兵衛は笑った。

夕陽は沈んだ。


本郷から小石川《こいしかわ》は武家地であり、御家人旗本《ごけにんはたもと》や大名家の屋敷が多くあった。

小間物屋『菊乃家』の宗兵衛に離縁されたお内儀のおそめは、行商の小間物屋として本郷界隈で見掛けられていた。

半兵衛、半次、音次郎は、手分けをして本郷界隈で聞き込みを始めた。


半兵衛は、本郷の町方の地である菊坂町《きくざかまち》の木戸番を訪れた。

「大年増の小間物の行商人ですか……」

木戸番は眉をひそめた。

「うむ。本郷界隈にいると聞いたのだがな」

半兵衛は、店先の縁台《えんだい》に腰《こし》掛《か》け、木戸番の出してくれた茶を飲んだ。

「そうですか。女の小間物の行商人は滅多《めった》にいないので、見掛ければ覚えていると思いますが……」

木戸番は首を捻った。

「見掛けないか……」

半兵衛は頷いた。

本郷御弓町《おゆみちよう》は御家人旗本の屋敷街である。

音次郎は、御家人旗本屋敷に出入りしている米屋や油屋などの商人に聞き込みを掛けた。

「女の小間物の行商人ですか……」

米屋の手代は眉をひそめた。

「うん。見掛けた覚えはないかな……」

音次郎は尋ねた。

「そう云えば、そんな噂《うわさ》を聞いた覚えはあるけど、手前は未だお眼に掛かった事がないんですよ」

米屋の手代は笑った。

「そうか。じゃあ、見掛けたって人を知っているなら教えてくれないかな」

音次郎は食い下がった。

本郷には北《きた》ノ天神真光寺《てんじんしんこうじ》があり、参道には参拝客目当ての茶店や露店《ろてん》が並んでいる。

半次は、並ぶ露店の者に聞き込んだ。

「大年増の小間物の行商人ですか……」

爪楊枝《つまようじ》売りの年増は、半次に怪訝《けげん》に聞き返した。

「うん。見掛けた事、ないかな……」

「その大年増の小間物の行商人って、おそめさんの事ですか……」

爪楊枝売りの年増は知っていた。

「知っているのかい、おそめさんを……」

半次は声を弾《はず》ませた。

「ええ……」

「家は何処かな……」

「湯島《ゆしま》の方だと聞いたけど、詳しくは……」

爪楊枝売りの年増は首を捻った。

「知らないか……」

半次は、肩を落とした。


茶店には、北ノ天神真光寺の参拝客が訪れていた。

半次は、駆け付けて来た半兵衛と音次郎を茶店の前で迎えた。

「いたかい、小間物の行商人のおそめ……」

半兵衛は笑った。

「はい。時々、此処《ここ》で店を開くそうです」

半次は、並んでいる露店を示した。

「で、今日は来るのかな」

「爪楊枝売りは、きっと来るだろうと……」

「そうか……」

半兵衛は頷いた。

「旦那、親分……」

音次郎は、参道の入口を示した。

大きな四角い風呂敷包《ふろしきづつ》みを背負った大年増が、参道をやって来た。

半兵衛と半次は、荷物を背負った大年増の顔を見た。

お多福……。

大年増は、下膨れの頰《ほお》に眼の細いお多福顔だった。

おそめだ……。

「おそめですね……」

半次は喉《のど》を鳴らした。

「うん。間違いあるまい……」

半兵衛、半次、音次郎は見定め、やって来たおそめに近付いた。

おそめは、近寄って来る半兵衛、半次、音次郎に気が付き、戸惑いを浮かべて会釈《えしゃく》をした。

「やあ。神田鍋町の小間物屋菊乃家の元お内儀のおそめだね」

半兵衛は尋ねた。

「は、はい……」

おそめは、微《かす》かな緊張を過《よ》ぎらせた。

「私は北町奉行所の白縫半兵衛、こっちは岡っ引の半次と音次郎……」

「はい……」

「ちょいと訊きたい事があってね」

半兵衛は笑い掛けた。

「訊きたい事……」

おそめは、戸惑いを浮かべた。

「うん。小間物屋菊乃家についてだよ……」

「菊乃家……」

おそめは眉をひそめた。

「お前さんは思い出したくもないかもしれないがね……」

半兵衛は、申し訳なさそうに頷いた。

二

「菊乃家に何かあったのですか……」

おそめは、爪楊枝売りの隣に荷物を置いて怪訝な面持《おもも》ちで半兵衛、半次、音次郎の許《もと》にやって来た。

「うん。おそめ、小間物屋の菊乃家の宗兵衛、騙りに遭ってね」

半兵衛は告げた。

「えっ。宗兵衛が騙りに……」

おそめは驚いた。

「ああ。知らなかったのかな」

半兵衛は、おそめを見据《みす》えた。

「はい……」

おそめは、半兵衛を見詰めて頷いた。

嘘《うそ》はない……。

おそめは、宗兵衛が騙りに遭った事を知らなかった。

半兵衛は見極めた。

「鼈甲の櫛と笄を餌《えさ》に、二百両を騙し取られてね」

「二百両も……」

おそめは呆然《ぼうぜん》とした。

「ああ。それで、おそめ、宗兵衛から二百両を騙し取ったのは、口利き屋の彦八と京橋の呉服屋角菱屋仁左衛門の偽者《にせもの》なのだが、何か心当たりはないかな」

「口利き屋の彦八ですか……」

おそめは眉をひそめた。

「うん。菊乃家とは何度か仕事をしているそうだね」

「はい。ですが、私は余り信用出来ない人だと思い、出入りさせるなと宗兵衛に云っていたのですが、宗兵衛、旦那旦那と持ち上げられて好《い》い気《き》になって……」

おそめは苦笑した。

「そうか……」

半兵衛は、おそめの賢さと宗兵衛の迂闊《うかつ》さを知った。

「そうですか、宗兵衛、彦八たちの騙りに遭ったのですか……」

おそめは、悔しさを過ぎらせた。

「気になるかい……」

「ええ。宗兵衛はどうでも良いのですが、菊乃家は……」

「手塩《てしお》に掛けて育てて来たから気になるか……」

半兵衛は、おそめの気持ちを読んだ。

「はい……」

おそめは頷いた。

「それで、おそめさん。口利き屋の彦八について何か知っている事はありませんか……」

半次は尋ねた。

「さあ……」

おそめは首を捻った。

「何でも良いんですがね」

半次は粘《ねば》った。

「そう云えば、宗兵衛が妾に囲ったおこまも彦八の口利きですから、妾のおこまが何か知っているかもしれません」

おそめは告げた。

「妾のおこまですか……」

「ええ……」

おそめは頷いた。

「おそめ、その妾のおこま、家は何処かな」

半兵衛は訊いた。

「確か池之端《いけのはた》は仲町《なかちょう》だと聞いた覚えがありますが……」

おそめは報《しら》せた。

「そうか。じゃあ、妾のおこまに訊いてみるか……」

「はい……」

半次と音次郎は頷いた。

「邪魔をしたね、おそめ……」

「いいえ。白縫さま、どうか、菊乃家を助けてやって下さい」

おそめは、半兵衛に深々と頭を下げた。

「うむ。おそめ、又《また》小間物の行商を始めたそうだが、呉々《くれぐれ》も身体に気を付けてな」

半兵衛は笑い掛けた。

「はい。じゃあ……」

おそめは、半兵衛たちに深々と頭を下げて爪楊枝売りの許に行った。

「しっかりした女ですね」

半次は感心した。

「うん。手塩に掛けて育てた菊乃家が可愛いのだろう」

半兵衛は頷いた。

「ええ。じゃあ、妾のおこまの処に行ってみますか……」

「うん。音次郎、お前はおそめを秘かに見張ってくれ」

半兵衛は命じた。

「おそめさんをですか……」

音次郎は戸惑った。

「うん。ひょっとしたら、口利き屋の彦八が現れるかもしれない……」

「分かりました」

音次郎は、喉を鳴らして頷いた。

「じゃあ……」

半兵衛と半次は、音次郎を残して池之端仲町に急いだ。

不忍池は煌《きら》めいた。

半兵衛と半次は、池之端仲町の自身番《じしんばん》を訪れ、妾のおこまの家が何処か尋ねた。

おこまの家は直ぐに分かった。

半兵衛と半次は、おこまの家に向かった。

妾のおこまの家は、板塀の廻された仕舞屋《しもたや》だった。

半兵衛と半次は、仕舞屋の周囲に不審な者がいないか窺《うかが》った。

仕舞屋の周囲に不審な者はいなかった。

「よし。おこまに逢ってみよう」

「はい……」

半兵衛と半次は、仕舞屋を囲む板塀の木戸門に向かった。

妾のおこまは、飯炊《めした》き婆《ばあ》さんと二人暮らしだった。

おこまは、半兵衛と半次を座敷に通した。

「どうぞ……」

婆やが半兵衛と半次に茶を出し、座敷から退《さが》っていった。

「で、お役人さま、私に何か……」

若くて豊満な身体のおこまは、科《しな》を作って半兵衛に笑い掛けた。

「うん。おこま、此の家は菊乃家の宗兵衛旦那が買ってくれたのかい……」

半兵衛は、座敷を見廻した。

「はい。それが何か……」

「良い旦那だな……」

半兵衛は苦笑した。

「まあ、まあですよ」

おこまは笑った。

「して、宗兵衛旦那とは何処で知り合ったんだい……」

半兵衛は尋ねた。

「知り合いの口利きですよ」

知り合いとは口利き屋の彦八の事だ。

「ほう。知り合いがね」

半兵衛は、知らぬ顔をして惚《とぼ》けた。

「ええ……」

「どんな知り合いかな……」

「どんなって、昔の情夫《おとこ》ですよ」

おこまは、科を作って笑った。

「そうか。おこま、お前、宗兵衛を騙した口利き屋彦八の情婦《おんな》だったのか……」

半兵衛は、おこまを見据えた。

「お、お役人さま……」

おこまは戸惑った。

知らぬ振りをした……。

おこまは、彦八を知らない振りをした半兵衛を思わず睨《にら》み付《つ》けた。

「して、おこま。昔の情夫、彦八は今何処にいるのかな……」

半兵衛は笑い掛けた。

「知りませんよ。そんな事……」

「知らないか……」

「ええ。彦八は昔の情夫。私は今、菊乃家の旦那、宗兵衛の囲われ者ですからね」

おこまは笑った。

「そうか、そうだな……」

「ええ。ですから私と彦八、今は只《ただ》の昔からの知り合いってだけで、何処にいるかなんて知りませんよ」

おこまは、突き放すように云って顔を背《そむ》けた。

「良く分かった。おこま、邪魔したね」

半兵衛は笑った。

半兵衛と半次は、出て来たおこまの家を振り返った。

見送った飯炊き婆さんが、木戸門を音を立てて閉めた。

「さあて。おこまと彦八、本当に昔の情夫と情婦ってだけですかね」

半次は苦笑した。

「さあて、そいつはどうかな……」

半兵衛と半次は、おこまの言葉を信用していなかった。

「ちょいと、見張ってみますか……」

半次は、おこまの家を眺めた。

「うん、そうしてくれ。私は料理屋の笹乃井に行って来る」

半兵衛は告げた。

「分かりました。じゃあ……」

半次は、半兵衛と別れて路地に入って行った。

半兵衛は、おこまの家を一瞥《いちべつ》して不忍池の畔にある料理屋『笹乃井』に向かった。

おそめは、大きな四角い風呂敷包みを背負って行商に励《はげ》んだ。

大きな四角い風呂敷包みには、櫛や笄、紅白粉など様々な小間物が入った箱が幾つも重ねられていた。

おそめは、大名旗本家の屋敷を訪れ、女中などを相手に商売をしていた。

働き者……。

音次郎は、大きな荷物を背負って行商に励むおそめを感心しながら見守った。

不忍池の畔、料理屋『笹乃井』は昼間から客で賑わっていた。

料理屋『笹乃井』の女将は、訪れた半兵衛を帳場に通して茶を差し出した。

「造作《ぞうさ》を掛けるね」

「いいえ。で、白縫さま、御用は此の前の騙りの事ですか……」

女将は眉をひそめた。

「うむ。女将、菊乃家宗兵衛を騙した口利き屋の彦八と京橋の呉服屋角菱屋の仁左衛門の偽者、良く来るのかな」

「彦八は今迄に何度か来ていますが、角菱屋の仁左衛門旦那の偽者は初めてですよ」

女将は告げた。

「だろうね。そうじゃあなかったら、先《ま》ずは女将が妙だと気が付いただろうからね。して、女将から見てどんな奴だったかな。仁左衛門の偽者は……」

「見た目は恰幅《かっぷく》が良くて、流石《さすが》は大店《おおだな》の旦那と思いましたが、その割りには妙に馴《な》れ馴《な》れしく、話上手と云うか、口が上手《うま》い人でしたよ」

女将は眉をひそめた。

「恰幅が良い割りには、妙に馴れ馴れしくて口が上手いか……」

半兵衛は苦笑した。

「ええ。ま、騙り者なんて、皆そうなんでしょうがねえ」

女将は頷いた。

「うむ。まるで役者のようだな……」

半兵衛は眉をひそめた。

不忍池には水鳥が遊び、波紋が重なりながら広がっていた。

半次は、路地に潜んで斜向《はすむ》かいにあるおこまの家を見張っていた。

おこまの家を囲む板塀の木戸門が開いた。

半次は、路地に身を潜《ひそ》めた。

おこまが風呂敷包みを抱え、開いた木戸門から出て来た。
出掛けるのか……。
半次は、おこまを見守った。
おこまは、風呂敷包みを抱えて不忍池の畔に向かった。
行き先は、神田鍋町の小間物屋『菊乃家』ではない。
じゃあ、何処に行く……。
半次は尾行《つけ》た。

おこまは、不忍池の畔を西に進んだ。
半次は追った。
おこまは、不忍池の畔にある古い茶店に立ち寄った。
半次は雑木林《ぞうきばやし》に入り、向かい側の茶店を窺った。
おこまは、茶店の縁台に腰掛けて老亭主に茶を頼んだ。
老亭主は、返事をして茶汲場《ちゃくみば》に入った。
おこまは、辺りを眺めた。
老亭主がおこまに茶を持って来た。

おこまは、茶を飲みながら茶店の老亭主と何事か言葉を交わした。
半次は見守った。
刻が過ぎた。
おこまは縁台から立ち上がり、老亭主に小さな紙包みを握らせて何事かを告げた。
老亭主は、小さな紙包みを握り締めておこまに深々と頭を下げた。
金を渡した……。
半次は戸惑った。
おこまは、老亭主に笑い掛けて、来た道を戻り始めた。
老亭主は見送った。
風呂敷包みを持っていない……。
半次は、おこまが抱えて来た風呂敷包みがないのに気が付き、茶店を見た。
老亭主がおこまの風呂敷包みを抱え、茶店の奥に入って行った。
風呂敷包みを預けた……。
半次は、おこまが老亭主に金を握らせた理由が分かった。
で、どうする……。

半次は、おこまを追うか、風呂敷包みを検《あらた》めるか迷った。

おこまは、来た道を戻って行く。

池之端仲町の家に帰る……。

半次は読み、雑木林を出て茶店に急いだ。


「邪魔するぜ……」

半次は、茶店の老亭主の許に進んだ。

「な、何だい、お前さん……」

老亭主は狼狽《うろた》えた。

「おこまから預かった風呂敷包み、見せて貰おうか……」

半次は、老亭主に十手《じって》を突き付けた。

「こりゃあ、親分さん……」

老亭主は怯《ひる》んだ。

「見せないと云うなら、大番屋《おおばんや》に来て貰うよ」

半次は脅《おど》した。

「勘弁して下さい。親分さん……」

老亭主は、半次を茶店の奥の小部屋に案内した。

小部屋の奥には、幾つかの風呂敷包みがあった。

「此の風呂敷包みは……」

半次は眉をひそめた。

「全部、おこまさんからの預かり物です」

老亭主は告げた。

半次は、奥の小部屋に入り、風呂敷包みの中身を検めた。

風呂敷包みの中からは、上等な着物や金や銀の簪、鼈甲の櫛や笄などの値の張る品物が数多く出て来た。

「此奴《こいつ》は……」

半次は眉をひそめた。

「なんでも、おこまさんが旦那から貰った品物だそうですよ」

老亭主は告げた。

「旦那から貰った品物……」

上等な着物や金や銀の簪などの品物は、おこまが旦那の小間物屋『菊乃家』宗兵衛から貰ったものなのだ。

半次は戸惑った。

「はい。おこまさんがそう云っていました」

老亭主は頷いた。

「そいつが、どうして……」

半次は、老亭主に怪訝な眼を向けた。

「何でも、旦那に飽きたそうでしてね。いつでも家を出られるように、荷物を少しずつ持ち出しているようですよ」

老亭主は苦笑した。

「そいつを預かっているのか……」

「ええ……」

老亭主は頷いた。

おこまは、宗兵衛に散々貢《みつ》がせて逃げ出すつもりなのだ。

宗兵衛は、妾のおこまに貢いだ挙句に棄《す》てられる。

騙りに遭った次は妾に逃げられる……。

半次は苦笑した。

「近頃、金廻《かねまわ》りの良くなった、恰幅の良い大店の旦那風の大部屋役者ですか……」

一膳飯屋《いちぜんめしや》の亭主は眉をひそめた。

「うん。で、口が上手い奴だそうだが、知らないかな……」

半兵衛は、浅草今戸橋《あさくさいまどばし》の袂《たもと》にある一膳飯屋の亭主の許に来ていた。

浅草金龍山浅草寺《あさくさきんりゅうざんせんそうじ》の横手には芝居小屋があり、一膳飯屋は売れない大部屋役者の溜《たま》り場《ば》になっていた。

「大店の旦那風で口が上手い奴ねえ……」

亭主は首を捻った。

「いないか……」

「いいえ。いますよ、大勢……」

「大勢いる……」

「ええ。ですが、近頃、金廻りが良くなった奴となると……」

亭主は、又首を捻った。

「いないか……」

「ええ……」

　亭主は頷いた。

「そうか……」

　半兵衛は、肩を落とした。

「藤四郎《とうしろう》かなあ……」

　亭主は呟《つぶや》いた。

「藤四郎……」

「ええ。坂東《ばんどう》藤四郎って大部屋《おおべや》でしてね」

「その藤四郎、近頃、金廻りが良いのか……」

「さあ、近頃、来ませんから……」

「近頃、来ないから……」

　半兵衛は戸惑った。

「ええ。近頃、うちに来ないのは、金廻りの良い証拠ですからね」

　亭主は苦笑した。

「成《な》る程《ほど》、金廻りが良いから、此処には来ないか……」

　半兵衛は、思わず笑った。

「ええ……」

亭主は頷いた。

「して、その坂東藤四郎、何処にいるのかな」

半兵衛は訊いた。

「さあ、家は山谷橋《さんやばし》の傍の新鳥越《しんとりごえ》にある古長屋だと聞いていますが、本当かどうか……」

亭主は苦笑した。

「山谷橋の傍の新鳥越か……」

半兵衛は眉をひそめた。

三

陽は西に大きく傾《かたむ》いた。

おそめは、大きな四角い風呂敷包みを背負って本郷の武家屋敷街を出た。

本郷での行商を終えたのか……。

音次郎は尾行《つけ》た。

おそめは、本郷の通りを横切って切通《きりどお》しに進んだ。

落ち着いた確かな足取り……。

音次郎は、大きな風呂敷包みを背負って行くおそめに畏敬《いけい》の念を覚えた。

下谷広小路は賑わっていた。

おそめは、上野新黒門町《うえのしんくろもんちょう》にある小間物問屋『紅花堂《べにばなどう》』の暖簾《のれん》を潜《くぐ》った。

音次郎は、小間物問屋『紅花堂』の店内を窺った。

おそめは、背負っていた風呂敷包みを帳場の横に降ろし、『紅花堂』の老番頭と重ねられた箱の中の品物を検め始めていた。

小間物の売れ筋の品を見定め、此から売れると思われる物を選んでいる。

音次郎は読み、おそめの商売熱心さを知った。

噂通り、小間物屋『菊乃家』が繁盛したのは、お内儀おそめの力が大きいのだ。

おそめは、老番頭との打ち合わせを終えて小間物屋『紅花堂』を出た。そして、下谷広小路の東にある脇道を山下《やました》に向かった。

音次郎が尾行ようとした時、派手な半纏《はんてん》を来た男がおそめと擦《す》れ違《ちが》って振り向いた。

音次郎は見守った。
派手な半纏を着た男は、おそめを追い始めた。
何だ……。
音次郎は眉をひそめ、おそめを追う派手な半纏を着た男に続いた。
おそめは、山下から入谷《いりや》に進んだ。

入谷鬼子母神《きしもじん》の銀杏《いちょう》の木は、梢《こずえ》を微風《そよかぜ》に鳴らしていた。
おそめは、鬼子母神の前を通って坂本町《さかもとちょう》に進んだ。
派手な半纏を着た男は、おそめを尾行た。
誰だ……。
音次郎は、派手な半纏を着た男を追った。
おそめは、坂本町の外れにある古い長屋の木戸を潜った。
派手な半纏を着た男は、木戸からおそめの家を見定めて踵《きびす》を返した。
よし……。
音次郎は、派手な半纏を着た男を尾行る事に決めた。
陽は赤くなり、西の空に沈み始めた。

山谷堀には、新吉原《しんよしわら》に行く者を乗せた舟が行き交った。

半兵衛は、新鳥越町の木戸番と裏通りに進んだ。

裏通りには長屋があった。

「山谷橋に近い長屋は、此処だけですが……」

木戸番は、長屋の木戸を示した。

「うん。で、此処に坂東藤四郎と申す役者が暮らしている筈《はず》なのだが……」

半兵衛は、木戸から長屋を眺めた。

長屋の井戸端には、おかみさんたちが晩飯の仕度《したく》に励《はげ》んでいた。

半兵衛は、おかみさんたちに近付いた。

「やあ。忙しい時に済まないが、坂東藤四郎の家は何処かな」

半兵衛は尋ねた。

「ああ。藤四郎さんの家ならあそこですよ」

おかみさんの一人が奥の家を示した。

「だけど、藤四郎、此処《ここ》の処《ところ》、家に帰っちゃあいませんよ」

初老のおかみさんが苦笑した。

「そうか、帰っちゃあいないか……」

半兵衛は、藤四郎の家に向かった。そして、腰高障子《こしだかしょうじ》を開けた。

家の中は狭くて薄暗く、誰もいなかった。

半兵衛は、大した家具もない殺風景な家の中に上がり、調べ始めた。

神田明神門前町《かんだみょうじんもんぜんちょう》の盛り場は、日が暮れると共に賑わった。

派手な半纏を着た男は、居酒屋に入って酒を飲み始めた。

音次郎は、近くに座って酒を飲みながら見張った。

「おう。甚吉《じんきち》……」

若い男が、派手な半纏を着た男に声を掛けて向かい側に座った。

「やあ、庄助《しょうすけ》。今日、面白いものを見たぜ」

甚吉と呼ばれた派手な半纏を着た男は、小狡《こずる》そうな笑みを浮かべた。

「面白いもの……」

庄助は訊き返した。

「ああ。菊乃家のお内儀さんが行商をしていたんだぜ」

甚吉は笑った。

「へえ。お内儀さんが行商ねえ……」

庄助は眉をひそめた。

「ああ。で、口利き屋の彦八の兄貴は何処にいるんだ」

「さあな。宗兵衛から騙し取った金で何処かの女郎屋に居続けているだろうぜ」

庄助は、嘲《あざけ》りを浮かべた。

「女郎屋か……」

甚吉は苦笑した。

「で、甚吉、例の仕度はどうなっている」

「明日、菊乃家に怒鳴り込む手筈《てはず》だぜ」

「そうか。しっかり者のお内儀のいない菊乃家の宗兵衛を脅すなんて造作もねえさ」

甚吉は笑った。

「今度は俺たちが儲《もう》ける番だぜ……」

「ああ……」

甚吉と庄助は笑った。

小間物屋『菊乃家』宗兵衛を脅す……。

音次郎は知った。

居酒屋は賑わった。

囲炉裏《いろり》の火は燃え上がり、掛けられた野菜雑炊《ぞうすい》の鍋は湯気を上げ始めた。

「で、その坂東藤四郎、長屋の家に帰って来ちゃいないのですか……」

半次は、茶碗酒を啜《すす》った。

「ああ。ひょっとしたら、宗兵衛から騙し取った金の分け前が尽きる迄、女郎屋にでも居続けるつもりかもしれないね」

半兵衛は苦笑し、酒を飲んだ。

「じゃあ、旦那は呉服屋角菱屋の仁左衛門旦那の偽者は役者の坂東藤四郎だと……」

半次は読んだ。

「未だはっきりしないがね。で、半次の方はどうだった」

「そいつなんですけどね。妾のおこま、逃げ出す仕度を始めていますよ」

半次は苦笑した。

「逃げ出す仕度……」

半兵衛は眉をひそめた。

「はい。宗兵衛が貢いだ値の張る着物や簪を秘かに持ち出して……」

「そうか。騙りに遭った次は、困った妾の愛想尽《あいそづ》かしか……」

「ええ。所詮《しょせん》は妾ですからね」

半次は、嘲りを浮かべた。

「気の毒に、悪い事は続くものだな」

半兵衛は苦笑した。

「只今《ただいま》戻りました」

音次郎が勝手口から入って来た。

「おう。御苦労さん。丁度、野菜雑炊が出来る頃だ」

半兵衛は、音次郎の椀《わん》と箸《はし》を出してやった。

「そいつは、ありがてぇ……」

音次郎は、囲炉裏端に座って野菜雑炊の出来を見た。

「で、音次郎、おそめさんはどうだった」

半次は尋ねた。

「そいつがおそめさん、仕事熱心な働き者でしてね。菊乃家を繁盛させたって噂、ありゃあ、きっと本当ですよ」

音次郎は、椀に野菜雑炊を装《よそ》って食べ始めた。

「そうか……」

「それで、口利き屋の彦八は出て来ませんでしたが、甚吉と庄助って奴らが現れましてね」

「甚吉と庄助……」

半次は眉をひそめた。

「ええ。何でも明日、菊乃家に怒鳴り込むそうですよ」

音次郎は、野菜雑炊を食べながら告げた。

「怒鳴り込むだと……」

半兵衛は眉をひそめた。

「はい。彦八のように儲けるとか云っていました」

「その甚吉と庄助、菊乃家に強請《ゆすり》を仕掛ける気じゃありませんか……」

半次は読んだ。

「ああ。そうかもしれないな……」

半兵衛は頷いた。

「騙りの次は強請ですか……」

「おまけに妾が逃げようとしている。宗兵衛、悪い事が続きそうだね」

「ええ……」

「おそめさんをお多福だなんて馬鹿にして離縁した報《むく》いですよ」

音次郎は、野菜雑炊をお代わりしながら笑った。

「お多福か。宗兵衛、おそめを離縁して多くの福を棄てちまったようだね」

半兵衛は苦笑した。

「ですが、その甚吉と庄助の強請、放っちゃあおけませんぜ」

半次は告げた。

「うん。ま、どんな強請を仕掛けるのか、見せて貰おうか……」

半兵衛は、茶碗酒を飲み、囲炉裏の火に粗朶《そだ》を焼《く》べた。

粗朶が爆《は》ぜ、火の粉が飛び散った。


神田鍋町の通りには多くの人が行き交った。小間物屋『菊乃家』は既《すで》に店を開け、僅かな客が訪れていた。

半兵衛、半次、音次郎は、斜向かいの甘味処に入り、小間物屋『菊乃家』を眺めていた。

「お茶、どうぞ……」

年増の女将が茶を持って来た。

「やあ、女将。朝早くから造作を掛けるね」

半兵衛は、年増の女将に礼を云った。

「いいえ。旦那、菊乃家さんで何かあるんですか……」

年増の女将は、物見高そうな眼を向けた。

「うん、きっとね」

半兵衛は笑った。

「旦那、親分……」

窓から外を見ていた音次郎が、半兵衛と半次を呼んだ。

半兵衛と半次は、音次郎のいる窓辺に近寄った。

「向こうから来る派手な半纏を着た野郎が甚吉、後から女と一緒に来る奴が庄助です」

音次郎は、甚吉と手拭《てぬぐい》を被《かぶ》った女と来る庄助を示した。

「甚吉と庄助か……」

「女は何ですかね……」

半次は、庄助と一緒に来る手拭を被った女を見詰めた。

「おそらく、強請のねただろう」

半兵衛は読んだ。

甚吉は、庄助や手拭を被った女と、小間物屋『菊乃家』に向かった。

「旦那……」

半次は、緊張を過ぎらせた。

「よし、行くよ……」

半兵衛は、甘味処を出た。

半次と音次郎、そして甘味処の年増の女将が楽しげに続いた。

小間物屋『菊乃家』の店内には、数人の女客が簪や紅白粉の吟味をしていた。

「邪魔するぜ」

甚吉と庄助は、手拭を被った女を連れて店に入った。

「いらっしゃいませ……」

番頭が迎えた。

「やあ。旦那はいるかな……」

甚吉は、薄笑いを浮かべた。

「は、はい……」

番頭は、戸惑った面持ちで頷いた。

「呼んで貰おうか……」

「えっ、主に何か……」

番頭は緊張した。

「お前さんじゃあ話にならねえんだ。早く旦那を呼びな」

甚吉は凄《すご》んだ。

「は、はい……」

番頭は、慌《あわ》てて奥に入って行った。

「おきぬ、此の菊乃家の白粉を塗《ぬ》ったら、赤く腫《は》れて爛《ただ》れたのは、間違いないんだな」

庄助は、手拭を被った女に話し掛けた。

「ええ。菊乃家の白粉、本当に酷《ひど》いものですよ……」

おきぬと呼ばれた女は、腹立たし気に大声で云い立てた。

手代と小僧は、思わず顔を見合わせた。

白粉を吟味していた女客は驚き、手にしていた品物を恐ろし気に戻した。

「此は此はお客さま。菊乃家の主にございますが、何か……」

宗兵衛が、緊張した面持ちで奥から番頭と出て来た。

「こりゃあ旦那ですかい……」

甚吉は、宗兵衛に険《けわ》しい眼差しを向けた。

「は、はい。宗兵衛にございますが……」

宗兵衛は、微かな怯《おび》えを滲ませた。

「宗兵衛旦那、実は手前の女房がお宅の白粉を顔に塗った処、赤く腫れあがって爛れましてね。おきぬ……」

甚吉は、おきぬを促した。

おきぬは、被っていた手拭を取った。

手拭で隠れていた額《ひたい》は赤く爛れ、痣《あざ》のようになっていた。

「あっ……」

宗兵衛、番頭たち店の者は驚いた。

そして、見守っていた女客たちは眉をひそめて囁《ささや》き合った。

「宗兵衛の旦那、此の始末、どうしてくれますかい……」

甚吉は凄んだ。

「で、ですが、うちの白粉を使って赤く爛れたお客さま、他には……」

宗兵衛は狼狽えた。

「煩《うる》せえ。他にいようがいまいが、うちのおきぬの顔は赤く爛れたんだ。惚ける気ならお上に訴え出るぜ」

「お客さま、それだけはご勘弁下さい。申し訳ありません。此の通りです。此の通り、お詫《わ》び致します」

宗兵衛は、慌てて詫びた。

「旦那、お詫びだけで済むと思っているのかい。こっちは医者代、薬代が掛かっているんだぜ」

「分かりました……」

宗兵衛は、帳場の金箱から二枚の小判を取り出し、紙に包んで甚吉に差し出した。

「巫山戯《ふざけ》るんじゃあねえ」

甚吉は、小紙に包んだ二枚の小判を框《かまち》に叩き付けた。

小判は音を立てて弾け飛んだ。

宗兵衛は怯んだ。

「旦那、女の顔に傷を付けてたった二両で済ませようってのかい……」

甚吉は、宗兵衛に迫った。

宗兵衛は震えた。

「菊乃家の白粉は毒入りだぜ。毒入りの白粉だぜ」

庄助は、大声で騒ぎ立て始めた。

数人の女客は、恐ろしそうに囁き合って菊乃家から足早に出て行った。

「皆、気を付けな。菊乃家の紅白粉は毒入りだ。顔が赤く爛れるぜ……」

庄助は、外に向かって騒ぎ立てた。

「お、お止め下さい。お願いです。お止め下さい……」

宗兵衛は、金箱から切り餅一つを取り出して甚吉に差し出した。

「落とし前を着けたいのなら、もう一つだ」

甚吉は嘲笑《ちょうしょう》した。

「は、はい……」

宗兵衛は、金箱から切り餅をもう一つ取り出した。

甚吉は、二つの切り餅を懐《ふところ》に入れた。

「よし。そこ迄だ」

半兵衛が現れた。

「し、白縫さま……」

宗兵衛は戸惑った。

庄助とおきぬが巻羽織《まきばおり》の半兵衛を見て、慌てて出て行こうとした。

半次と音次郎が立《た》ち塞《ふさ》がった。

庄助とおきぬは怯んだ。

「甚吉、庄助、下手《へた》な強請は此迄《これまで》だ」

半兵衛は、甚吉と庄助に笑い掛けた。

甚吉と庄助は、自分たちの名が割れているのに怯んだ。

半次は、おきぬを押さえ、額の爛れを手拭で素早く擦《こす》った。

赤い爛れが拭い取られた。

「作り物の爛れに痣か……」

半次は嘲笑した。

「頼まれただけだよ。私は庄助にお金で頼まれただけなんですよ」

おきぬは不貞腐《ふてくさ》れた。

甚吉と庄助は逃げようとした。

半兵衛は、庄助を突き飛ばし、甚吉を蹴り飛ばした。

庄助と甚吉は、壁に叩き付けられ、土間に倒れた。

半次と音次郎が飛び掛かり、素早く捕《と》り縄《なわ》を打った。

「甚吉、庄助、強請で大番屋に来て貰うよ」

半兵衛は、冷《ひ》ややかに告げた。

甚吉と庄助は項垂《うなだ》れた。

半兵衛は、甚吉の懐から二つの切り餅を取り出し、宗兵衛の前に置いた。

「ありがとうございます。白縫さま……」

宗兵衛は、半兵衛に頭を下げた。

「礼には及ばないよ、宗兵衛……」

「えっ……」

宗兵衛は、半兵衛に怪訝な眼を向けた。

「もう少し早く来れば良かったんだが、此じゃあ、先に逃げた女客から、菊乃家の白粉は毒入りで塗れば爛れると言い触らされてしまうかな。ま、そうならないように祈っているよ……」

「えっ……」

宗兵衛は愕然《がくぜん》とした。

悪い評判は、本当であろうがなかろうが容易に世間に広まる。

小間物屋『菊乃家』の白粉には、毒が入っているかもしれない……。

噂は、小間物屋『菊乃家』の致命傷になる筈だ。

宗兵衛は、お多福と呼んだお内儀おそめを追い出し、多くの福を失ったのだ。

福を棄てた自業自得《じごうじとく》……。

「では、宗兵衛……」

半兵衛は、半次や音次郎と甚吉、庄助、おきぬを引き立てて行った。

宗兵衛は項垂れ、帳場に呆然と座り込んだままだった。

四

大番屋の詮議場《せんぎじょう》は、薄暗く土間は冷たく濡れていた。

半次と音次郎は、座敷の框に腰掛けている半兵衛の前に甚吉を引き据えた。

甚吉は、恐ろしそうに半兵衛を見上げた。

「やあ、甚吉。お前の下手な強請、楽しませて貰ったよ……」

半兵衛は笑い掛けた。

「旦那……」

甚吉は項垂れた。

「甚吉、お前の小間物屋菊乃家に因縁《いんねん》を付けての強請、認めるね」

「はい……」

甚吉は、覚悟を決めたように頷いた。

「よし。その潔《いさぎよ》さ、お上《かみ》にも情けはあるよ」

「ありがとうございます」

甚吉は、戸惑いながらも安堵《あんど》を過ぎらせた。

「それで甚吉。口利き屋の彦八は何処にいる」

半兵衛は尋ねた。

「えっ……」

甚吉は戸惑った。

「菊乃家の宗兵衛を騙りに掛けた彦八だ。何処にいる」

半兵衛は、甚吉を厳しく見据えた。

「だ、旦那、そいつは……」

甚吉は困惑した。

「甚吉、折角《せっかく》、旦那が強請の罪を軽くしてやろうと仰《おっしゃ》ってくれているのに、そいつはないだろう……」

半次は笑った。

「親分……」

甚吉は、半次に縋《すが》る眼差しを向けた。

「甚吉、知っているなら、さっさと吐くのが身の為だ……」

「旦那、親分、彦八の兄貴の居所、あっしは本当に知らないんです」

甚吉は、半泣きで告げた。

「ならば甚吉、角菱屋の仁左衛門に化けたのは何処の誰なんだ」

「あ、あれは、坂東藤四郎って役者です」

甚吉は告げた。

「やはりな。で、坂東藤四郎、今、何処にいるのかな……」

半兵衛は訊いた。

「庄助の話では、谷中《やなか》のいろは茶屋の馴染《なじみ》の女郎の処だそうです」

甚吉は、身を乗り出した。

どうやら、坂東藤四郎には義理も恩義もないようだ。

「そうか。良く分かった……」

半兵衛は苦笑した。

谷中は東叡山寛永寺の北側にあり、天王寺《てんのうじ》といろは茶屋で名高い処だ。

半兵衛は、半次や音次郎といろは茶屋に赴《おもむ》き、役者の坂東藤四郎を捜した。

居続けをしている恰幅の良い旦那風の客……。

藤四郎の居場所は直ぐに分かった。

半兵衛と半次は、女郎屋『東屋《あずまや》』に急いだ。

女郎屋『東屋』の籬《まがき》には女郎が並び、戸口の前には音次郎が待っていた。

「藤四郎、いたか……」

半次は訊いた。

「はい、此の東屋にそれらしい奴がいるそうです」

音次郎は告げた。

「よし。踏み込むよ」

　半兵衛は、女郎屋『東屋』の暖簾を潜った。

　半次と音次郎は続いた。


　恰幅の良い旦那風のお客は、年増の女郎と裸で抱き合って眠っていた。

　半兵衛、半次、音次郎は、遣り手婆《やてばば》の案内で女郎の狭い部屋に踏み込んだ。

「な、何だい……」

　年増女郎は眼を覚まし、素っ裸で蒲団《ふとん》から跳《は》ね起《お》きた。

「やあ。折角の朝寝の処を済まないが、そっちの男は役者の坂東藤四郎だね」

　半兵衛は、裸の年増女郎に尋ねた。

「え、ええ。お前さん、ねえ、お前さん……」

　年増女郎は、眠っている藤四郎を揺り動かした。

　藤四郎は眼を覚まし、半兵衛たちが来ているのに気が付き、慌てて蒲団を頭から被った。

　半次と音次郎は、蒲団を剝ぎ取《はと》った。

　藤四郎は、素っ裸で身を縮《ちぢ》めていた。

半次と音次郎は、藤四郎を引き起こして半兵衛の前に座らせた。

「坂東藤四郎だな……」

半兵衛は苦笑した。

「は、はい……」

藤四郎は頷いた。

「お前、呉服屋角菱屋の仁左衛門旦那に化《ば》け、口利き屋の彦八と小間物屋菊乃家の宗兵衛に騙りを仕掛け、金を騙し取ったな」

半兵衛は、厳しく見据えた。

「旦那、手前は、手前は彦八に頼まれてやっただけです」

藤四郎は声を震わせた。

「頼まれただけか……」

「はい。そうです」

「ならば、彦八は何処にいる」

「騙りの熱《ほとぼり》が冷《さ》める迄、大名屋敷の中間《ちゅうげん》長屋に潜り込むと云ってました」

「大名屋敷の中間長屋……」

半兵衛は眉をひそめた。

大名屋敷には金で雇われた渡り中間も多く、素性の知れぬ胡散臭《うさんくさ》い者も多かった。

口利き屋の彦八は、伝手《つて》を頼って町奉行所の手の及ばない大名屋敷の中間長屋に逃げ込んだのだ。

「旦那……」

半次は、厳しさを滲ませた。

「うん。して、藤四郎。彦八は何処の大名屋敷の中間長屋に逃げ込んだのだ」

「確か、本所《ほんじょ》は横川《よこかわ》沿いにある弘前《ひろさき》藩の江戸下屋敷だと聞いた覚えがあります」

「弘前藩江戸下屋敷の中間長屋か……」

半兵衛は知った。

「はい……」

藤四郎は頷いた。

「よし。藤四郎、着物を着な……」

半兵衛は、役者の坂東藤四郎を大番屋に引き立てて牢に入れ、半次や音次郎と本所に急いだ。

本所竪川《たてかわ》の流れは緩《ゆる》やかだった。

半兵衛は、半次と音次郎を従えて竪川に架《か》かっている三《み》つ目之橋《めのはし》の袂を通り、新辻橋《しんつじばし》に向かった。

本所横川は、新辻橋の手前で竪川と交錯《こうさく》して北辻橋《きたつじばし》が架かっている。

半兵衛たちは、横川に架かっている北辻橋の手前を北に曲がった。そして、横川沿いを北に進み、入江町《いりえちょう》や長崎町《ながさきちょう》、南割下水《みなみわりげすい》を通って北中之橋《きたなかのはし》の袂で立ち止まった。

半兵衛は、横川の流れの向こうにある表門を閉めた大名屋敷を眺めた。

表門を閉めた大名屋敷は、陸奥《むつ》国弘前藩江戸下屋敷だった。

「旦那……」

半次は、半兵衛の出方を窺った。

「うん。先ずは口利き屋の彦八が中間長屋にいるかどうかだな」

半兵衛は苦笑した。

「はい。下屋敷の中間小者に聞き込みを掛けてみます」

「それに出入りの商人にも……」

半次と音次郎は告げた。

「うん。相手は町奉行所支配違いの大名屋敷だ。呉々も気を付けてな」

「はい……」

半次と音次郎は頷いた。

「私は彦八がいれば、弘前藩が追い出すように仕向けてみるよ」

半兵衛は笑った。

弘前藩江戸下屋敷は静けさに包まれていた。

「何、騙り者の口利き屋の彦八、弘前藩江戸下屋敷の中間長屋に潜り込んでいるかもしれぬだと……」

大久保忠左衛門は、筋張った細い首を伸ばした。

「はい。町奉行所の手の届かない大名屋敷に潜り込み、熱《ほとぼり》が冷めるのを待つ気ですよ」

半兵衛は苦笑した。

「おのれ、彦八……」

忠左衛門は、細い首の筋を怒りに引き攣らせた。

「それで大久保さま……」

「半兵衛、儂《わし》は何をすれば良いのだ」

忠左衛門は遮《さえぎ》り、半兵衛を見据えた。

「はい。彦八を弘前藩江戸下屋敷から追い出して戴《いただ》きたい」

半兵衛は、忠左衛門を見返した。

「追い出すだと……」

忠左衛門は、喉を引き攣らせた。

「はい……」

「どうやって……」

忠左衛門は、白髪眉《しらがまゆ》をひそめた。

「弘前藩のお留守居役《るすいやく》に捻《ね》じ込《こ》むとか、大目付《おおめつけ》を動かすとか。北町奉行所に大久保ありと云われている吟味方与力大久保忠左衛門さまのお力でそこは何とか……」

半兵衛は頼んだ。

「う、うむ。北町奉行所に大久保ありか……」

忠左衛門は、満更《まんざら》でもない面持ちで筋張った細い首を伸ばした。

「如何《いか》にも、左様で……」

半兵衛は尤《もっと》もらしく頷いた。

本所横川は、大川《おおかわ》から小梅瓦町《こうめかわらまち》で南に曲がり、竪川、小名木川《おなぎがわ》、仙台堀《せんだいぼり》を横切って深川木置場《ふかがわきおきば》に繋《つな》がっている。

半次と音次郎は、弘前藩江戸下屋敷の者や出入りの商人に聞き込もうとしたが、出入りする者は少なく、事は容易に進まなかった。

半次は、弘前藩江戸下屋敷の裏門から中年の小者《こもの》が出て来たのに気が付いた。

中年の小者は、横川に架かっている北中之橋を渡り、本所南割下水沿いの道を西に向かった。

よし……。

半次は尾行た。

西に進んだ南割下水沿いには、弘前藩江戸上屋敷がある。

小者は江戸上屋敷に行く……。

半次は睨み、追った。

小者は、江戸上屋敷の裏門を潜った。

睨み通りだ……。

半次は、南割下水の前で上屋敷の裏門から小者が出て来るのを待った。

僅かな刻が過ぎ、小者が裏門から現れて、来た道を戻り始めた。

半次は追った。


南割下水沿いの道に人通りは途絶えた。

半次は、小者に声を掛けた。

小者は、立ち止まって振り返った。

「お前さん、弘前藩のお人だね」

「ええ……」

小者は、怪訝な面持ちで頷いた。

「横川の下屋敷の中間長屋に口利き屋の彦八がいるね」

「お前さん……」

小者は眉をひそめた。

半次は、小者に素早く小粒《こつぶ》を握らせた。

「彦八、いるね……」

「え、ええ……」

小者は、小粒を握り締めた。

「そうか、やっぱりな」

口利き屋の彦八は、やはり弘前藩江戸下屋敷の中間長屋に潜り込んでいるのだ。

半次は笑った。

「あの……」

「此の事は誰にも内緒だよ」

半次は、懐の十手を見せた。

「は、はい。そりゃあもう……」

小者は、小粒を固く握り締めて頷いた。

「で、お前さん、名前は……」

半次は笑い掛けた。

弘前藩江戸下屋敷の小者の常吉《つねきち》は、北中之橋を足早に渡って南割下水沿いにある裏門に入って行った。

半次は、北中之橋の袂で小者の常吉を見送った。

「親分……」

音次郎が駆け寄って来た。

「おう……」

「どうでした」

「下屋敷の中間長屋に彦八は潜んでいる」

半次は告げた。

「やっぱり……」

音次郎は、喉を鳴らして頷いた。

「ああ。今、戻って行った小者の常吉が教えてくれたよ」

「小者の常吉さんですかい……」

「うん。此からは、彦八の様子を報せてくれるそうだ」

半次は笑った。

「そいつは良かった」

音次郎は頷いた。

「半次、音次郎……」

半兵衛がやって来た。

「半兵衛の旦那……」

　半次と音次郎は駆け寄った。

「そうか。口利き屋の彦八、やはり下屋敷の中間長屋にいるか……」

　半兵衛は、弘前藩江戸下屋敷を眺めた。

「はい。間違いありません」

　半次は頷いた。

「うん。半次、音次郎、弘前藩が彦八を追い出すように手は打った。下屋敷から眼を離すんじゃあない」

　半兵衛は命じた。


　刻は過ぎた。

　半兵衛、半次、音次郎は、本所横川の弘前藩江戸下屋敷を見張り続けた。

　二人の羽織袴《はおりはかま》の武士が、南割下水沿いの道を足早にやって来た。

　半兵衛、半次、音次郎は見守った。

　二人の羽織袴の武士は、弘前藩江戸下屋敷に入って行った。

「上屋敷の家来ですかね」

半次は眉をひそめた。

「ああ。おそらく、大久保さまから話を聞いた評定所《ひょうじょうしょ》が弘前藩を厳しく問《と》い質《ただ》したのかもしれないな」

半次は読んだ。

「それで、慌てて家来を下屋敷に走らせましたか……」

半次は苦笑した。

「うん……」

半兵衛は頷いた。

「旦那、親分……」

音次郎が弘前藩江戸下屋敷を示した。

弘前藩江戸下屋敷の表門脇の潜《くぐ》り戸《ど》が開き、数人の家来が一人の男を外に引《ひ》き摺《ず》り出して来た。

「や、止めてくれ。追い出さないでくれ」

引き摺り出されて来た男は、必死に抗《あらが》いながら頼んだ。

「半兵衛の旦那……」

「うん。口利き屋の彦八だ……」

半兵衛は、引き摺り出されて来た男を口利き屋の彦八だと睨んだ。

口利き屋の彦八は、数人の家来たちに表に放り出された。

彦八は、地面に倒れ込んだ。

「此の騙り者が。我が藩に隠れるとは許せぬ所業《しょぎょう》、早々に出て行け」

家来たちは、彦八を怒鳴り蹴飛ばした。

彦八は、頭を抱えて身を縮めた。

家来たちは、下屋敷内に戻って行った。

彦八は、地面に座り込んで息を荒く鳴らした。

「やあ。口利き屋の彦八……」

半兵衛は、彦八の前に立ちはだかった。

半次と音次郎は、背後を塞いだ。

彦八は驚き、狼狽えた。

「小間物屋菊乃家宗兵衛に騙りを仕掛け、二百両を騙し取った罪でお縄にするよ」

半兵衛は、彦八を厳しく見据えた。

彦八は項垂れた。

「音次郎……」

半次は、音次郎を促した。

音次郎は、座り込んでいる彦八に素早く捕り縄を打った。

半兵衛は見守った。


小間物屋『菊乃家』の騙りの一件は、坂東藤四郎に続いて口利き屋の彦八をお縄にして落着した。

大久保忠左衛門は、口利き屋の彦八と坂東藤四郎を遠島《えんとう》の刑に処した。

小間物屋『菊乃家』宗兵衛の妾のおこまは、着物や金銀の簪、鼈甲の櫛や笄など金目の品物を持って姿を消した。

宗兵衛は、騙りに遭い、強請に晒《さら》され、妾に逃げられた。

白粉に毒が入ってると強請られた事は、偽りであったとしても悪い噂として広まった。

小間物屋『菊乃家』の毒白粉……。

噂は広まり、小間物屋『菊乃家』の客足は途絶え、売り上げは一気に落ちた。

「何もかも、お内儀のおそめさんを追い出してからですか、宗兵衛の旦那に悪い事が始まったのは……」

半次は苦笑した。

「追い出されたお内儀さんの祟《たた》りですかね……」

音次郎は、恐ろしそうに囁いた。

「馬鹿、お内儀さんは死んじゃあいないよ」

半次は苦笑した。

「あっ、そうですね」

「宗兵衛はお内儀のおそめを追い出し、お多福のいろいろな福も一緒に追い出したか……」

半兵衛は苦笑した。

「ま、甚吉と庄助の強請は、あそこ迄やらせずに済んだかもしれませんが……」

半次は、半兵衛を窺った。

「世の中には、私たち町奉行所の者でも知らん顔をしたくなる時もあるさ……」

半兵衛は云い放ち、薄く笑った。

小間物屋『菊乃家』は潰れた。

宗兵衛は、潰れた小間物屋『菊乃家』を残して姿を消した。

離縁されたおそめは、大きな風呂敷包みを背負って小間物の行商を続けていた。

お多福似の下膨れの顔に汗を滲ませ、いつの日か再び小間物屋『菊乃家』の暖簾を掲げようと……。

半兵衛は、お多福おそめの行く末を見守る事にした。

第二話　天狗面

一

夜空には、神田川《かんだがわ》を行く船の櫓《ろ》の軋《きし》みが響《ひび》いていた。

大きな荷を背負った行商人は、神田川に架《か》かっている和泉橋《いずみばし》を渡って柳原通《やなぎわら》りに出ようとした。

和泉橋の袂《たもと》から髭面《ひげづら》の浪人が現れ、行商人の行く手を阻《はば》んだ。

行商人は、慌《あわ》てて和泉橋を引き返そうとした。

小太りの浪人が背後に現れた。

行商人は、恐怖に立《た》ち竦《すく》んだ。

「金を出せ……」

髭面の浪人は、行商人に刀を突き付けた。

「い、命ばかりは……」

行商人は、和泉橋の欄干《らんかん》の下に蹲《うずくま》り、嗄《しゃが》れ声《ごえ》を恐怖に震《ふる》わせた。

「金だ。早く金を出せ」

髭面の浪人は、刀を振り上げた。

刹那《せつな》、拳大《こぶしだい》の石が飛来し、髭面の浪人の肩に当たった。

髭面の浪人は、思わずしゃがみ込んで激痛に呻《うめ》いた。

小太りの浪人は戸惑った。

闇に天狗《てんぐ》の顔が浮かんだ。

小太りの浪人は驚き、怯《ひる》んだ。

赤い顔に長い鼻の天狗は、黒い着物に裁着袴《たつつけばかま》姿で闇から現れ、小太りの浪人を鋭く殴り飛ばした。

小太りの浪人は、悲鳴を上げて倒れた。

「お、おのれ……」

髭面の浪人は立ち上がり、猛然《もうぜん》と天狗に斬り掛かった。

天狗は夜空に跳《と》び、髭面の浪人を蹴り飛ばした。

髭面の浪人は倒れた。

天狗は、髭面の浪人を叩《たた》きのめした。

小太りの浪人は逃げた。

髭面の浪人は、痛め付けられた足を引《ひ》き摺《ず》りながら続いた。

天狗は見送った。

「て、天狗……」

行商人は眼を瞠《みは》った。

天狗は、和泉橋の欄干の下に蹲っている行商人を一瞥《いちべつ》し、神田八《や》ツ小路《こうじ》の方に立ち去った。

「天狗、天狗だ……」

行商人は、嗄れ声を震わせた。

神田川に船の櫓の軋みが響き、流れに月影が揺れた。


朝陽《あさひ》は雨戸の隙間《すきま》や節穴《ふしあな》から差し込み、寝間《ねま》の障子《しょうじ》を明るく照らした。

半兵衛は、蒲団《ふとん》の中で大きく背伸びをして起き上がった。

歳だな……。

廻《まわ》り髪結《かみゆい》の房吉《ふさきち》に起こされずに目が覚めるようになり、既に何年かが過ぎていた。

半兵衛は苦笑し、手拭《てぬぐい》と房楊枝《ふさようじ》を持って井戸端に向かった。

廻り髪結の房吉は、半兵衛の髷《まげ》の元結《もとゆい》を鋏《はさみ》で切って日髪日剃《ひがみひぞり》を始めた。

ぱちん……。

半兵衛は、心地《ここち》好さに眼を瞑《つぶ》った。

房吉は、慣れた手付きで日髪日剃を進めた。

「旦那、天狗ってのは、本当にいるんですかね……」

「天狗……」

半兵衛は、眼を瞑ったまま戸惑いの声を上げた。

「ええ。赤い顔をした鼻の長い天狗……」

房吉は、手を休めずに訊いた。

「いないと思うよ」

半兵衛は苦笑した。

「やっぱり、いませんかい……」

房吉は眉をひそめた。

「ああ。出たのかい、天狗……」

半兵衛は、房吉が天狗に話を持っていきたがっていると睨《にら》んだ。

「ええ……」

房吉は、声を僅《わず》かに弾ませた。

「いつ、何処《どこ》に……」

半兵衛は、房吉の望みに乗った。

「昨夜、柳原通りに……」

「ほう。昨夜、柳原の通りに天狗がねえ」

半兵衛は首を捻《ひね》った。

「ええ……」

「で、その天狗、何か悪事を働いたのかな」

半兵衛は尋ねた。

「いえ。柳原通りで、辻強盗《つじごうとう》を働こうとした食詰《くいつ》め浪人共を懲《こ》らしめたそうですよ」

房吉は告げた。

「ほう。そいつは面白そうだねえ」

半兵衛は小さく笑った。

「はい。食詰め浪人共に襲われた行商人が、斬られそうになった時、赤い顔で鼻の長い天狗が現れ、浪人共を叩きのめして蹴散らし、助けてくれたと……」

「そうか、天狗が助けてくれたか……」

「ええ……」

「面白いねえ……」

半兵衛は、房吉の日髪日剃に頭を預け、眼を瞑ったまま笑った。

柳原通りは神田川沿いにあり、神田八ツ小路から両国広小路《りょうごくひろこうじ》を結んでいる。

半兵衛は、神田八ツ小路側に立って柳原通りを眺めた。

両国広小路迄《まで》の間には、柳森稲荷《やなぎもりいなり》、和泉橋、新シ橋《あたらばし》などがある。

「旦那……」

半次と音次郎が駆け寄って来た。

「どうだった……」

半兵衛は迎えた。

「はい。昨夜、天狗が現れ、辻強盗を働こうとした食詰め浪人を叩きのめして行商人を助けたって話、本当でしたよ」

半次は告げた。

「本当にいるんですねえ、赤い顔の鼻の長い天狗って……」

音次郎は感心した。

「馬鹿。誰かが面《めん》を被《かぶ》って行商人を助けたんだよ」

半次は苦笑した。

「面……」

音次郎は戸惑った。

「ああ。誰かが面を被って天狗の真似《まね》をしていたって事だよ」

半次は睨んだ。

「そうか、そうですよね。天狗なんて本当はいませんよね。うん……」

音次郎は、恥ずかしそうに笑った。

「ま、半次の読み通りだろうね。だが、どうして天狗の面など被ったかだ……」

半兵衛は首を捻った。

「辻強盗に襲われた行商人を助けるのに、天狗の面はいりませんか……」

半次は、半兵衛の疑念を読んだ。

「うん。素顔を見られては拙《まず》い事でもあるのかな」

「素性《すじよう》が気になりますか……」

「ああ。で、行商人が襲われ、天狗が現れたのは何処だい……」

「和泉橋の袂です」

「よし、行ってみよう」

半兵衛は、神田川に架かっている和泉橋に向かって柳原通りを進んだ。

半次と音次郎は続いた。


神田川には荷船が行き交っていた。

半兵衛は、和泉橋の南詰《みなみづめ》の袂に佇《たたず》んで辺りを見廻した。

「行商人は北の佐久間町《さくまちよう》から和泉橋を渡って来て此処《ここ》で二人の食詰め浪人に襲われたそうです」

半次は、和泉橋の南詰を眺めた。

「うん。そして、天狗が現れたか……」

「はい……」

和泉橋の南詰の前には、旗本屋敷が並んでいた。

「そして、辻強盗の食詰め浪人を叩きのめして蹴散らしたか……」

「はい……」

「で、天狗はどうしたのかな」

「行商人の話では神田八ツ小路の方に立ち去ったそうです」

半次は告げた。

「神田八ツ小路か……」

半兵衛は、神田八ツ小路を眺めた。

「はい。どうします」

半次は、半兵衛の出方を窺《うかが》った。

「うん。又、天狗が現れるかどうかだね」

「ええ……」

「それに辻強盗を邪魔された食詰め浪人共が此《こ》のまま大人しく引っ込むかだな」

「ええ。辻強盗を働いた食詰め浪人共を捜してみますか……」

「ま、町奉行所としては、行商人を助けた天狗より、辻強盗を働いた食詰め浪人共を捜すのが本筋だな」

半兵衛は苦笑した。

「ええ。まあ……」

半次は頷《うなず》いた。

「よし。先《ま》ずは辻強盗を働いた食詰め浪人だ」

半兵衛は決めた。

柳原通りの柳並木は、微風《そよかぜ》に緑の枝葉を一斉に揺らした。


神田川の流れに夕陽が映《は》えた。

神田明神境内《けいだい》の賑《にぎ》わいは、門前町の盛り場に移り始めていた。

半兵衛は、参拝客の帰る境内の隅の茶店で茶を啜《すす》った。

茶店の老亭主が店先の掃除を始めた。

「父っつあん、天狗の噂《うわさ》、聞いているかな」

半兵衛は尋ねた。

「ええ。そりゃあもう……」

老亭主は、笑みを浮かべて頷いた。

「どんな噂かな……」

「何でも、高尾《たかお》の山から飛んで来た天狗だそうですよ」

「そうか。高尾の山から飛んで来たか……」

高尾山は八王子《はちおうじ》に位置する修験道《しゅげんどう》の山であり、真言密教《しんごんみっきょう》の薬王院《やくおういん》がある。そして、昔から天狗が棲《す》むと伝えられていた。

「はい。何しろ天狗ですからねえ……」

老亭主は苦笑した。

「ならば、天狗に叩きのめされた辻強盗の食詰め浪人、何処の誰かは……」

「さあて、此の界隈《かいわい》をうろついている奴に間違いないでしょうが……」

老亭主は首を捻った。

「分からないか……」

半兵衛は茶を啜った。

神田明神門前町の盛り場は、酔客《すいきゃく》で賑わい始めていた。

半次と音次郎は、地廻《じまわ》りの猪吉《いのきち》に聞き込みを掛けた。

「辻強盗に失敗した食詰め浪人ですか……」

猪吉は眉をひそめた。

「ああ。髭面と小太りの二人組だと聞いたが、知らないかな……」

半次は訊いた。

「髭面と小太りの二人組なら桑田《くわた》と白石《しらいし》かな」

猪吉は首を捻った。

「桑田と白石……」

半次は眉をひそめた。

「ええ。湯島天神《ゆしまてんじん》男坂《おとこざか》の下の飲み屋に屯《たむろ》している食詰めですぜ」

猪吉は告げた。

「男坂の下の飲み屋か……」

「ええ。小料理屋や居酒屋の飲み残しの酒を買い集めて安く飲ませる梅屋《うめや》って店ですぜ」

猪吉は笑った。

「親分……」

音次郎は意気込んだ。

「よし。俺は此のまま梅屋に行く。音次郎は半兵衛の旦那にな」

半次は命じた。

「合点《がってん》です。じゃあ……」

音次郎は駆け去った。

湯島天神男坂の下の飲み屋『梅屋』には、小さな明かりが灯《とも》されていた。
半次は、明神下の通りからやって来た。
古くて小さな梅屋からは、酔った男たちの笑い声が聞こえて来ていた。
半次は、腰高障子に近寄って店内の様子を窺った。
障子の破れ目から店内が僅かに見えた。
女将《おかみ》らしい厚化粧の大年増《おおどしま》と、薄汚い形《なり》の食詰め浪人や半纏《はんてん》を着た男たちが見えた。
食詰め浪人の中には、髭面の桑田と小太りの白石の二人もいるのかもしれない。
とにかく、半兵衛の旦那が来るのを待ってからだ。
半次は、腰高障子《こしだかしょうじ》の傍を離れて斜向《はすむ》かいの暗がりに身を潜《ひそ》めた。
明神下の通りに続く入口に人影が揺れた。
半兵衛の旦那と音次郎か……。
半次は、闇を透《す》かし見《み》た。
人影は一人だった。

半兵衛の旦那と音次郎ではない。

半次は、暗がりに潜んで見守った。

やって来た人影は小柄であり、黒い着物に裁着袴姿だった。

半次は、その顔を見定めようとした。

黒い着物に裁着袴の人影の顔は、赤くて長い鼻の天狗だった。

天狗……。

半次は緊張した。

天狗は、古くて小さな梅屋の前に佇んだ。

梅屋から笑い声が響いた。

天狗は、頭の後ろで束《たば》ねた長い髪を揺らして梅屋の腰高障子を蹴破り、店内に飛び込んだ。

「天狗だあ……」

食詰め浪人の一人が、叫びながら転がり出て来て気を失った。

半次は、暗がりを出て飲み屋に走った。

飲み屋から男たちの怒声が上がり、激しい物音が響いた。

半次は店内を窺った。

大年増で厚化粧の女将は、悲鳴を上げて裏口に逃げた。

天狗は追った。

店内には、食詰め浪人と半纏を着た男たちが気を失って倒れていた。

半次は眉をひそめた。

「どうした、半次……」

「親分……」

半兵衛と音次郎が駆け付けて来た。

「旦那、天狗です。天狗が女将を追って裏口から……」

「天狗……」

音次郎は驚いた。

「音次郎、此処を頼む。半次、追うよ」

半兵衛は、倒れている四人の浪人を一瞥して音次郎に命じ、裏口に走った。

半次が続いた。

飲み屋の裏には、狭い裏路地が続いていた。

半兵衛と半次は、裏路地を走った。

暗い裏路地は続いた。
半兵衛と半次は、女将と天狗を追った。
女の呻き声が微《かす》かにした。
半兵衛は立ち止まり、暗がりを透かし見た。
裏路地の暗がりに女将が倒れていた。
「半次、女将を頼む……」
半兵衛は、半次に命じて裏路地を進んだ。
半次は、倒れている女将に駆け寄った。
大年増の女将は、髪と厚化粧を崩して倒れていた。
「おい……」
半次は、女将を抱き起こした。
女将は、がっくりと項垂《うなだ》れた。
死んでいる……。
半次は見定めた。
大年増の厚化粧の女将は、匕首《あいくち》を握り締めて死んでいた。
匕首……。

半次は戸惑った。

半兵衛は、裏路地から通りに走り出て左右を窺った。

通りの左右には闇が続き、天狗はおろか人影もなかった。

逃げられた……。

半兵衛は、吐息を洩《も》らした。

夜廻りの木戸番の打つ拍子木《ひょうしぎ》の音が、甲高《かんだか》く夜空に響いた。

飲み屋『梅屋』に倒れていた食詰め浪人と半纏を着た男たちは、鋭く打ちのめされて気を失っているだけだった。

半次と音次郎は、駆け付けた木戸番と男たちに捕《と》り縄《なわ》を打った。

半兵衛は、『梅屋』に戻った。

「旦那……」

半次が迎えた。

「女将はどうした……」

「そいつが、首の骨を折られて殺されていました」

「殺されていた……」

半兵衛は眉をひそめた。

「はい。で、女将、匕首を握っていましたよ」

半次は報《しら》せた。

女将の帯の後ろには、匕首の鞘《さや》が隠されていた。握り締めていた匕首は、女将自身のものだと思われた。

「匕首……」

半兵衛は、戸惑いを浮かべた。

「ええ。どうやら女将、匕首を振り廻して天狗と渡り合ったようです」

半次は読んだ。

「半次、天狗の狙いは女将だったようだな」

半兵衛は読んだ。

「きっと……」

半次は頷いた。

「となると、女将の素性だな……」

半兵衛は、飲み屋『梅屋』の大年増の女将が堅気《かたぎ》ではないと睨んだ。

「ええ……」

半次は頷いた。

「よし。此奴《こいつ》らは私が大番屋に引き立てる。半次と音次郎は女将の素性を洗ってくれ」

半兵衛は命じた。

飲み屋『梅屋』の大年増の女将は、名をおしまと云った。

半次と音次郎は、自身番の者や付近の飲み屋に聞き込みを掛けた。

おしまは、三年前に飲み屋『梅屋』を居抜《いぬ》きで買い、商売を始めていた。そして、食詰め浪人たちに安酒を飲ませて屯させ、用心棒《ようじんぼう》代わりにしていた。

それ迄のおしまは、岡場所の女郎から遣《や》り手《て》になったとか、相州《そうしゅう》小田原《おだわら》から流れて来たとか、女衒《ぜげん》だったとか、いろいろな噂があった。

つまり、おしまは素性のはっきりしない女なのだ。

何《いず》れにしろ堅気じゃあない……。

半次と音次郎は、聞き込みを続けた。

二

大番屋の詮議場《せんぎじょう》は薄暗く、微かに血の臭いが漂《ただよ》っていた。

半兵衛は、食詰め浪人の一人を詮議場の土間の筵《むしろ》に引《ひ》き据《す》えた。

食詰め浪人は、座敷の框《かまち》に腰掛けている半兵衛を睨み付けた。

「やあ。お前さん、名は……」

半兵衛は笑い掛けた。

「清水祐之助《しみずゆうのすけ》だ……」

食詰め浪人は、腹立たし気に名乗った。

「清水祐之助か……」

「お役人、拙者《せっしゃ》は梅屋で酒を飲んでいて、いきなり天狗に襲われただけだ。大番屋に入れられる謂《いわ》れはない」

「そうか。だったら清水、お前さんの身辺を詳《くわ》しく洗っても良いんだよ」

「何……」

「強請集《ゆすりたか》りに食い逃げ、飲み逃げ、叩けば埃《ほこり》がいろいろ舞い上がり、大番屋処《どころ》か小伝馬町《こでんまちょう》の牢屋敷《ろうやしき》に入って貰《もら》う事になるが……」

半兵衛は、笑顔で脅《おど》した。

「そ、それは……」

清水は怯んだ。

「そいつが嫌なら、訊く事に素直に答えるのだな」

「う、うむ……」

清水は項垂れた。

「そこでだ、清水。昨夜、天狗は梅屋に何しに現れたんだい」

半兵衛は、清水を見据えた。

「天狗はいきなり入って来て、女将のおしまを捕まえようとした」

「女将のおしまをね……」

天狗の狙いは、やはり女将のおしまだった。

「うむ。それで、俺たちが止めようとしたら殴る蹴るの狼藉《ろうぜき》を働いたのだ」

清水は、悔《くや》し気《げ》に告げた。

「殴る蹴るか……」

「ああ。ありゃあ、柔術《じゅうじゅつ》か拳法《けんぽう》のような技だと思う」

「柔術か拳法か……」

「ああ。で、あっと云う間に皆が倒され、俺も頭を蹴り飛ばされて……」

「気を失ってしまったか……」

「うむ……」

「天狗は女将のおしまに何か云っていなかったか……」

「別に何も聞いちゃあいない……」

「そうか。して、天狗は入って来るなり、女将のおしまに向かったのだな」

半兵衛は念を押した。

「ああ……」

清水は頷いた。

天狗は、女将のおしまを知っていたのだ。そして、女将のおしまも天狗が誰か気が付き、裏口から逃げたのだ。

その後、女将のおしまは裏路地で匕首を抜いて天狗に抗《あらが》い、首の骨を折られて殺された。

その間、天狗と女将のおしまに何かがあったのだ……。

半兵衛は読んだ。

「そうか。良く分かった……」

半兵衛は、清水祐之助を牢に戻し、他の者たちも取り調べた。だが、他の者たちの証言も清水祐之助のものと変わらなかった。

天狗は、飲み屋『梅屋』の女将おしまに用があって現れた。

半兵衛は知った。

そして、天狗は柔術や拳法などの体術の遣《つか》い手《て》なのだ。

ひょっとしたら、修験者か忍びの者なのかもしれない。

半兵衛は思いを巡《めぐ》らせた。

半次と音次郎は、大年増の女将おしまについての聞き込みから戻って来た。

「そうか。おしまの素性、良く分からないのか……」

半兵衛は眉をひそめた。

「ええ。女郎上がり、流れ者、女衒、盗人《ぬすっと》などいろいろな噂がありましてね。どれもはっきりしないんですよ」

半次は告げた。

「そうか……」

「で、天狗の方は……」

半次は訊いた。

「そいつが、居合《いあ》わせた食詰め浪人たちによると、天狗はやはり女将のおしまが目当てで梅屋に現れたようだ」

半兵衛は教えた。

「そうですか……」

「天狗、女将のおしまのはっきりしない素性と拘《かか》わっているんですかね」

音次郎は首を捻った。

「おそらくね。で、天狗は柔術や拳法のかなりの遣い手で身も軽いようだ」

「柔術や拳法の遣い手で身も軽い奴ですか……」

半次は眉をひそめた。

「何だか、両国の見世物小屋《みせものごや》にでもいそうな奴ですね」

音次郎は首を捻った。

「見世物小屋……」

半兵衛は眉をひそめた。

「ええ。素手《すで》で板や瓦《かわら》を割ったり、身軽に飛んだり跳ねたりの軽業《かるわざ》をやる芸人ですよ」

「成《な》る程《ほど》な。よし、音次郎、お前はちょいとその辺を調べてみな」

「見世物小屋ですか……」

音次郎は戸惑った。

「うむ。天狗がいるかもしれない……」

半兵衛は笑った。

「合点です」

音次郎は意気込んだ。

「半次は女衒や盗人におしまを知らないか訊いてみるんだね」

「承知しました」

半次は頷いた。

「おそらく天狗は、おしまから何かを訊き出して、又何かをする筈《はず》だ。私はその辺を追ってみる」

半兵衛は、それぞれが探索する事を決めた。

浜町堀《はまちょうぼり》には荷船が行き交った。

半次は、浜町堀に架かっている高砂橋《たかさごばし》の南にある高砂町に進んだ。

高砂町の裏通りには、元女衒の親方の市松《いちまつ》の板塀に囲まれた家があった。

〝女衒〟とは、女を遊女に売るのを生業《なりわい》にした者であり、判人《はんにん》とも称した。

「邪魔するよ」

半次は、市松の家を訪れた。

「こりゃあ、本湊の親分……」

元女衒の市松は、半次を庭先に通した。


半次は、縁側《えんがわ》に腰掛けて市松の老妻の出してくれた茶を啜《すす》った。

「大年増のおしまですか……」

市松は、白髪眉《しらがまゆ》をひそめた。

「うん。親方が隠居《いんきょ》する前に出逢った事はなかったかな」

半次は訊いた。

「さあて、大年増の女衒ねえ……」

市松は首を捻った。

「うん。尤《もっと》も昔は大年増じゃあなかっただろうけどね」

半次は笑った。

「そうですねえ。女の女衒なんて滅多にいないから、いたら覚えている筈なんですがね」

「覚えていないってのは、いなかったって事かな……」

半次は読んだ。

「ま、そう云う事ですが……」

市松は頷いた。

「そうか。いなかったか……」

「ええ。ま、女衒じゃあなくて、武家屋敷や大店に奉公する者を周旋《しゅうせん》する女の周旋屋とは逢った事がありましたがね」

市松は思い出した。

「その女の周旋屋、名前は何て云うのかな」

半次は尋ねた。

「さあて、おくまとかおしかとか、何て云いましたかねえ……」

「おくまかおしかか。その女周旋屋と何処で逢ったのかな」

「ありゃあ。あっしが隠居する直前でしたから、五年前ですか、場所は確か八王子だったと思いますよ」

「五年前に八王子か……」

半次は茶を啜った。


両国広小路には露店《ろてん》と見世物小屋が連《つら》なり、多くの人々で賑わっていた。

筵《むしろ》掛《が》けの見世物小屋は何軒かあった。

音次郎は、筵掛けの見世物小屋の絵看板を見て歩いた。

ろくろ首に大板血《おおいたち》……。

河童《かっぱ》に人魚《にんぎょ》……。

樽《たる》乗《の》りに綱渡《つなわた》り……。

音次郎は、見世物小屋の絵看板を眺めながら雑踏《ざっとう》を進み、軽業一座の見世物小屋の前に佇み、娘太夫《むすめだゆう》が傘を片手に綱渡りをしている絵看板を見上げた。

「兄貴、丁度、此から始まるよ」

八歳程の男の子が、人懐《ひとなつ》っこい笑顔で音次郎に声を掛けて来た。

「おう。小僧、軽業一座の子か……」

音次郎は笑った。

「うん。此からおりん姉ちゃんの綱渡りと樽乗り、凄《すご》いんだから。さあ、行こう」

小僧は、音次郎の手を引いた。

「うん。分かった……」

音次郎は苦笑して、小僧と軽業一座の見世物小屋の木戸に向かった。

「爺《じい》ちゃん、お客さんだよ」

小僧は、木戸にいた老爺《ろうや》に告げた。

「おう、いらっしゃい。直吉《なおきち》、御苦労さん……」

老爺は、音次郎を笑顔で迎えた。

音次郎は、木戸銭を払って軽業一座の見世物小屋に入った。

見世物小屋は五分の客入りだった。

音次郎は、小屋の中を見廻して座った。

「始まるよ」

直吉と呼ばれた小僧が隣に来た。

三味線《しゃみせん》と太鼓《たいこ》が鳴り始め、舞台に裃《かみしも》姿の初老の男が現れた。

「東西、東西、先ずはおりん太夫の綱渡りと樽乗りにございます」

初老の男の口上《こうじょう》が終わり、三味線と太鼓の音が鳴り響いた。

「あっ、上だ……」

直吉は、天井を見上げて叫んだ。

音次郎たち客は、直吉の声に釣られるように天井を見上げた。

天井の下には綱が張られていた。

三味線と太鼓の音が鳴り、娘太夫が現れた。

客たちは騒《ざわ》めき、息を詰めて見上げた。

三味線と太鼓の音が盛り上がった。

娘太夫は、張られた綱をゆっくりと渡り始めた。

「おりん姉ちゃんだよ……」

直吉は囁《ささや》いた。

「おりん姉ちゃんか……」

音次郎は、天井近くに張られた綱を渡って舞台に進んで行くおりん太夫を見上げた。

おりん太夫は、笑みを浮かべて綱を渡って行く。

その足取りには、落ち着きと余裕がある。

音次郎は感じた。

しかし、おりん太夫は時々揺れて綱から落ち掛けて見せた。

客たちは騒めき、悲鳴を上げた。

おりん太夫は、体勢を立て直して進んだ。

芝居だ……。

音次郎は、落ち掛けて見せるおりん太夫に苦笑した。

「凄いだろう……」

直吉は、頭上を行くおりん太夫を憧《あこが》れるように見上げていた。

「ああ……」

音次郎は頷いた。

おりん太夫は、綱を渡って舞台の上に行き、飛んだ。

音次郎たち客は息を飲んだ。

おりん太夫は、宙で一回転して横倒しになっている樽の上に降り立った。そして、赤い傘を差し、足で樽を廻して舞台を縦横に動いた。

「よう、日本一……」

直吉は、声を掛けて手を叩いた。

音次郎たち客は喝采《かっさい》した。

おりん太夫は、笑顔を振り撒《ふま》いた。

三味線と太鼓の音は盛り上がった。


見世物小屋の裏には、舞台で使う大道具や小道具が置かれていた。

音次郎と直吉は、露店の団子屋《だんごや》で買って来た串団子を食べていた。

「凄かっただろう。おりん姉ちゃん……」

直吉は自慢した。

「うん。見事なもんだぜ……」

音次郎と直吉は、縁台に腰掛けて串団子を食べた。

「処《ところ》で直吉、広小路の見世物小屋に天狗はいないかな……」

音次郎は訊いた。

「天狗……」

直吉は訊き返した。

「うん。赤い顔で鼻の長い天狗だ」

「ああ。天狗なら知っているけど、此処の見世物小屋にはいないよ」

直吉は、串団子を食べ終えた。

「じゃあ、跳んだり跳ねたり、素手で板や瓦を割って見せる者はいないかな」

「跳んだり跳ねたりする人はいるけど、板や瓦を割る人はいないよ」

「そうか……」

「直ちゃん……」

着替えたおりんが、筵掛けの小屋の奥から出て来た。

「おりん姉ちゃん……」

直吉は、縁台から立ち上がった。

音次郎は続いた。

「あのう……」

おりんは、音次郎に探る眼差しを向けた。

「あっしは音次郎って者でしてね。直吉に誘われて、綱渡りを見ましたよ」

音次郎は笑った。

「そうでしたか、ありがとうございます」

おりんは微笑《ほほえ》んだ。

「おりんさんと直吉は、姉弟なのかい……」

音次郎は尋ねた。

「違うよ。おいらのお父っちゃんは病で死んで、おっ母ちゃんがいなくなったんだ。だから、おりん姉ちゃんが育ててくれたんだ」

直吉は告げた。

「五年前ですか、その時、直吉は未だ三歳でしてね。それに直吉のおっ母さんには、私もお世話になっていましたから……」

おりんは、小さな笑みを浮かべた。

「そいつは大変だったね。で、直吉、おっ母さんは何処でいなくなったんだい」

「八王子だよ」

「八王子か……」

音次郎は知った。

「あの、音次郎さんは何を……」

おりんは、音次郎に訊いた。

「姉ちゃん、音次郎の兄貴は天狗を捜しているんだよ」

直吉は、笑顔でおりんに告げた。

「天狗……」

おりんは眉をひそめた。

「ええ……」

音次郎は頷いた。

「音次郎さん……」

おりんは、音次郎を見詰めた。

「あっしは……」

音次郎は、懐《ふところ》の十手を僅かに見せた。

「えっ……」

おりんは、音次郎が十手持ちだと知り、微かな緊張を滲《にじ》ませた。

「天狗の面を被った奴が現れましてね。ちょいと捜しているんですぜ」

音次郎は苦笑した。

「それは大変ですね。直ちゃん、私はちょいと出掛けるけど、一緒に来るかい
……」

おりんは、直吉に訊いた。

「うん。じゃあね、音次郎の兄貴……」

「おう、世話になったな」

おりんと直吉は、音次郎に会釈をしながら出掛けて行った。

「さあてと……」

音次郎は見送り、他の見世物小屋に向かった。

両国広小路の賑わいは続いた。


半兵衛は、かつて天狗の拘《かか》わった事件があったかどうか調べた。だが、江戸の町で天狗の拘わった事件はなかった。

半兵衛は、調べる範囲を江戸の近郊の町にも広げた。

天狗の拘わった事件はあった。

その昔、八王子で天狗の面を被った盗人が現れ、強欲な織物《おりもの》問屋から金を奪って貧乏人に分け与えた事件があった。

八王子に天狗の面を被った義賊《ぎぞく》……。

半兵衛は眉をひそめた。

そいつと拘わりがあるのかもしれない……。

半兵衛の勘が囁いた。

「旦那……」

半次が、北町奉行所にやって来た。

「おう。どうだった……」

半兵衛は迎えた。

「はい。浜町河岸の市松の隠居に聞いて来たんですが、女衒に女はいなく、いたのは周旋屋でしたぜ」

半次は報せた。

「周旋屋……」

「ええ。お武家や御大尽《おだいじん》のお屋敷に奉公する者を周旋する周旋屋、ま、口入屋《くちいれや》ですが、それを生業にした女には逢った覚えがあるそうですぜ」

「名前は……」

「そいつがはっきりしませんでしてね」

「ならば、いつ何処で逢ったのかな……」

「五年前に八王子だとか……」

「八王子ねえ……」

半兵衛は、小さな笑みを浮かべた。

「旦那、何か……」

半次は、戸惑いを浮かべた。

「うん。その昔、八王子に天狗の面を被った義賊が現れていたよ」

「天狗の面を被った義賊ですか……」

半次は眉をひそめた。

「ああ。今度の天狗と拘わりがあるかどうかは、分からないがね」

半兵衛は苦笑した。

「そうですか……」

「ま、八王子に現れた天狗の面を被った義賊がどんな盗賊だったか、詳しく調べてみるよ」

「じゃあ、あっしは女周旋屋がおしまだったかどうか、調べてみます」

「手立てはあるのか……」

「ま、口入屋に訊いて歩いてみますよ」

半次は笑った。

「そうか……」

半兵衛は、笑みを浮かべて頷いた。

三

囲炉裏《いろり》の火は燃えた。

半兵衛は、自在鉤《じざいかぎ》に掛けた鳥鍋の蓋《ふた》を取った。

湯気が上がった。

「さあて、鳥鍋が出来る迄に音次郎が帰ると良いのだがね」

半兵衛は、囲炉裏の火の加減を整えた。

「心配ありませんよ。音次郎が飯に遅れた事はありませんぜ」

半次は、笑いながら酒の仕度をした。

「うわあ、良い匂いだ……」

音次郎が、勝手口から入って来た。

「おう、お帰り……」

半兵衛と半次は迎えた。

「只今《ただいま》戻りました。鳥鍋ですか……」

音次郎は、挨拶《あいさつ》もそこそこに喉を鳴らした。

「さっさと手足を洗って来い」

半次は苦笑した。

「合点です」

音次郎は、井戸端に走った。

「流石《さすが》は半次、睨み通りだな」

半兵衛は笑った。


鳥鍋は煮えた。

半兵衛、半次、音次郎は、鳥鍋を食べながら酒を飲んだ。

「そうか、両国広小路の見世物小屋に天狗らしいのはいなかったか……」

半兵衛は、音次郎の報せを受けて頷いた。

「はい。ろくろ首に大板血、河童に人魚。ま、強《し》いて云えば、綱渡りに樽乗りぐらいですが、娘太夫でしたよ……」

音次郎は、鳥鍋を食べながら告げた。

「娘太夫……」

半兵衛は眉をひそめた。

「ええ。おりんって娘でしてね。中々《なかなか》の綱渡りでしたよ」

音次郎は笑った。

「おりんって名の娘太夫か……」

半兵衛は、手酌《てじゃく》で湯飲茶碗に酒を満たした。

「はい。ま、明日は浅草の見世物小屋を覗いてみますよ」

音次郎は、鶏肉を食べながら意気込んだ。

「うむ。そうしてくれ……」

半兵衛は酒を飲んだ。

囲炉裏の火は燃え、鳥鍋は美味《うま》そうな匂いと湯気を上げ続けた。


神田駿河台《するがだい》の旗本屋敷街は、夜の静けさに覆《おお》われていた。

旗本島村兵庫《しまむらひょうご》の屋敷も夜の闇に沈み、眠り込んでいた。

夜の闇が揺れ、黒い着物に裁着袴の天狗が現れた。

天狗は、島村屋敷を眺めた。

通りの闇に、幾つかの龕燈《がんどう》の明かりが浮かんだ。

辻番《つじばん》だ……。

天狗は、素早く闇に潜んだ。

〝辻番〟とは、武家地の治安を護《まも》る為に置かれたものだ。

辻番の番士たちは、龕燈と六尺棒《ろくしやくぼう》などを手にして夜の旗本屋敷街の見廻りをしているのだ。

天狗は、辻番の見廻りを遣《や》り過《す》ごそうと闇に潜み続けた。

辻番の番士たちは、辺りを龕燈で照らしながら進んで来た。

龕燈の明かりが、闇に潜んでいる天狗を捉《とら》えた。

「誰だ……」

番士の一人が気が付き、鋭く誰何《すいか》した。

天狗は闇から飛び出した。

「て、天狗……」

番士は、驚きながらも六尺棒を投げた。

天狗は、飛来した六尺棒を身軽に跳んで躱《かわ》し、束ねた長い髪を翻《ひるがえ》して走った。

「待て、曲者《くせもの》……」

辻番の番士たちは、闇に駆け去る天狗を追った。


北町奉行所に出仕《しゆっし》した半兵衛は、大久保忠左衛門に呼ばれた。

「お呼びですか……」

半兵衛は、忠左衛門の用部屋を訪れた。

「来たか半兵衛。ま、座れ……」

忠左衛門は、半兵衛に座るように命じた。

「はい……」

半兵衛は座った。

「大久保さま、私は今、湯島天神男坂下の飲み屋の女将を殺した天狗を……」

半兵衛は、天狗を追っていると云おうとした。

「半兵衛、その天狗が又《また》現れたぞ」

忠左衛門は、半兵衛を遮《さえぎ》った。

「えっ……」

半兵衛は、思わず驚いた。

「天狗だ、天狗。半兵衛、赤い顔で鼻の長い天狗が又現れたのだぞ」

忠左衛門は、筋張《すじば》った細い首を伸ばした。

「いつ、何処に……」

「昨夜、駿河台は旗本屋敷街にだ」

「駿河台に。して、天狗は何を……」

半兵衛は眉をひそめた。

「暗がりに潜んでいた処、見廻りの辻番の番士たちに見付かってな。淡路坂《あわじざか》の闇に逃げ去ったそうだ」

「そうですか……」

「どうだ半兵衛。此の天狗、おそらく何者かが、天狗の面を被っての所業《しょぎょう》だろうが、何を企《たくら》んでいるのか……」

忠左衛門は、筋張った細い首の喉仏を上下させた。

「大久保さま、天狗の企み、何処かの旗本家と拘わりがあるのかも……」

半兵衛は読んだ。

「旗本家が拘わっているだと……」

忠左衛門は、白髪眉をひそめた。

「はい。ひょっとしたらですがね……」

半兵衛は苦笑した。

神田駿河台の旗本屋敷街は、登城《とじょう》の刻限も過ぎて行き交う者もいなかった。

半兵衛は、淡路坂を上がって太田姫稲荷《おおたひめいなり》の前に佇み、旗本屋敷街を眺めた。

旗本屋敷が連なり、小者が使いにでも行くのか、風呂敷包みを持ってやって来た。

半兵衛は呼び止めた。

「は、はい……」

小者は、巻羽織の半兵衛に緊張を滲ませた。

「付《つ》かぬ事《こと》を訊くが、昨夜、天狗が現れたのは、此の辺りかな……」

半兵衛は尋ねた。

「いえ。天狗が現れたのは、此の先の辻を西に曲がった処です」

小者は告げた。

「そうか。造作を掛けたね……」

半兵衛は、小者と別れて辻に進んだ。

辻を西に曲がると、大身旗本の屋敷が甍《いらか》を連ねていた。

「此処か……」

半兵衛は、並ぶ旗本屋敷を見廻した。

天狗は此処に何しに来たのだ……。

半兵衛は読んだ。

何処かの旗本屋敷に用があって来たのに違いない。

どの旗本屋敷に何の用なのだ……。

半兵衛は、天狗の痕跡《こんせき》を探した。だが、そのような痕跡がある筈はなかった。

旗本屋敷から二人の家来が現れ、半兵衛に駆け寄って来た。

「おぬし、何をしている……」

二人の家来は、咎《とが》めるように半兵衛を見据えた。

「私は北町奉行所臨時廻り同心の白縫半兵衛。昨夜、現れたと云う天狗を調べているのだが、おぬしたちは……」

「我らは、そこの島村屋敷の者だが、昨夜は天狗、今日は町奉行所同心。うろつかれては迷惑だ」

家来たちは、嫌悪を露《あら》わにした。

「島村屋敷……」

半兵衛は、構わず島村屋敷を眺めた。

「ああ。三千石取りの旗本、島村兵庫さまの御屋敷だ」

家来は、苛立《いらだ》ちを滲ませた。

「島村兵庫さま……」

半兵衛は知った。

天狗は、島村兵庫の屋敷に用があったのかもしれない。

半兵衛の勘が囁いた。


神田連雀町《れんじやくちょう》の口入屋『戎屋《えびすや》』は、大名旗本屋敷に中間小者や女中などの周旋をしていた。

半次は、何軒かの口入屋に聞き込みを掛け、『戎屋』の主の吉五郎《きちごろう》に辿《たど》り着《つ》いた。

半次は、女口入屋がいないか尋ねた。

「女口入屋ですか……」

吉五郎は、白髪眉をひそめた。

「ええ。五年程前迄、大名旗本家に中間小者や女中などを周旋していた筈なんですがね」

半次は告げた。

「ああ。それなら、おしまかもしれませんね」

吉五郎は苦笑した。

「おしま……」

漸《よう》く《や》おしまの名前が出た。

半次は、微かな安堵《あんど》を覚えた。

「ですが、親分さん。おしまは口入屋と云うより、お武家や御大尽に妾《めかけ》を周旋するのが専《もっぱ》らの、女衒のようなもんですよ」

吉五郎は、腹立たし気に告げた。

「女衒ですかい……」

「ああ。八王子でも嫌がる後家《ごけ》さんを借金の形《かた》に無理矢理、妾奉公をさせたりしましてね。口入屋だなんて名乗らせたくありませんぜ」

吉五郎は吐《は》き棄《す》てた。

おしまは、女衒には口入屋と嫌われ、口入屋には女衒と蔑《さげす》まれる女だった。

半次は、漸くおしまの素性を摑《つか》み始めた。

金龍山浅草寺の境内は、参拝客で賑わっていた。

音次郎は、浅草寺裏の盛り場の見世物小屋を調べ歩いた。だが、どの見世物小屋にも天狗と思われる軽業師はいなかった。

見世物小屋に拘わる者ではないのかもしれない……。

音次郎は、己の睨みが外れたかもしれないと肩を落とした。

陽は大きく西に傾き始めた。

音次郎は、浅草寺雷門《かみなりもん》を出て蔵前《くらまえ》の通りを浅草御門に向かった。

神田川に架かる浅草御門を渡ると、両国広小路に出る。

音次郎は、浅草御門を渡った。

両国広小路は夕暮れ時が近付き、昼間の賑わいは消え始めていた。

音次郎は、行き交う人々越しにおりんと直吉のいる軽業一座の見世物小屋を眺めた。

軽業一座の見世物小屋から直吉が現れ、風呂敷包みを抱えて浅草御門に向かって足早にやって来た。

「おう。直吉……」

音次郎は、やって来た直吉に笑い掛けた。

「やあ、音次郎の兄貴。じゃあ、急ぐから又ね……」

直吉は、音次郎に小さく笑って見せて通り過ぎ、柳原通りに進んだ。

えっ……。

音次郎は戸惑った。

直吉は、風呂敷包みを抱えて足早に柳原通りを行く。

何処に行く……。

音次郎は、直吉を尾行《つけ》た。

直吉は、西日を正面に受け、影を背後に長く伸ばして行く。


三千石取りの旗本島村兵庫……。

半兵衛は、天狗と拘わりがあると思われる旗本島村兵庫を調べた。

島村兵庫は、甲州勝沼《こうしゆうかつぬま》に領地を持つ寄合《よりあい》の旗本であり、四年前に父親の頼母《たのも》の隠居に伴って家督《かとく》を継いでいた。

島村家は、主の兵庫が物静かで目立たない人柄であり、その家風は地味なものだった。隠居した父親の頼母も同様な人柄だが、息子の兵庫と違って好色家《こうしよくか》だと云われ、妾と僅かな家来や奉公人を連れて向島《むこうじま》の別宅で暮らしている。

天狗は、そんな島村家とどんな拘わりがあるのか……。

半兵衛は思いを巡らせた。

夕暮れ時。

神田八ツ小路は、仕事を終えて家路を急ぐ人々が行き交っていた。

直吉は、風呂敷包みを抱えて八ツ小路の隅にある茶店に急いだ。

音次郎は尾行た。

直吉が訪れた茶店には、おりんが待っていた。

おりんは、直吉から風呂敷包みを受け取り、団子を食べさせた。

直吉は、美味そうに団子を食べ始めた。

音次郎は、戸惑いを覚えた。

おりんは、どうして両国広小路の見世物小屋に戻らず、直吉に風呂敷包みを持って来させたのだ。

音次郎の戸惑いは、小さな疑念になった。

おりんは、団子を食べる直吉に何事かを云い聞かせていた。

直吉は、おりんの話に頷きながら団子を食べ続けた。

音次郎は見守った。

団子を食べ終えた直吉は、おりんに何事かを云って柳原通りを両国広小路に急いだ。

おりんは直吉を見送り、風呂敷包みを抱えて茶店を出て淡路坂に向かった。

何処に行く……。

音次郎は尾行た。

おりんは、夕陽を浴びながら淡路坂を上がって行く。

殺されたおしまの昔の動きが、次第にはっきりして来た。

半次は、口入屋の吉五郎の伝手を頼っておしまの昔を調べ続けた。

五年前、おしまは八王子で夫を病で亡くした女房に妾奉公話を持ち掛けた。

病の夫の薬代で作った借金を肩代《かたが》わりする条件で、妾奉公に出ないかと……。

幼い子供のいる女房は、働いて返すと妾奉公に出るのを断わった。

だが、おしまは女房の借用証文を高値で買い取り、直ぐの返済を迫った。

女房に直ぐに返済する手立てはなく、幼い子供を残し、泣く泣くおしまの命じる妾奉公に応じるしかなかった。

非道な遣《や》り口《くち》だ……。

半次は、おしまの非道さを知り、微かな怒りを覚えた。

「で、そのおかみさんは、何処の誰の妾奉公に出たんですかい……」

半次は、おしまを知っている口入屋の旦那に尋ねた。

「何でも大身旗本の妾になったそうだよ」

「大身旗本……」

半次は眉をひそめた。

「ええ。何でもその大身旗本、甲州に領地を持っていて、その行き帰りに八王子に立ち寄り、亭主を病で亡くしたおかみさんを見染《みそ》めたそうでしてね。おしまに何としてでも妾になるように仕向けろと命じたとか……」

口入屋は苦笑した。

「それで、おしまはいろいろと汚い非道な真似をしたんですか……」

「きっと……」

口入屋は頷いた。

「で、その大身旗本、何処の誰かは……」

「さあ、そこ迄は……」

口入屋は首をひねった。

「分かりませんか……」

「ええ……」

「じゃあ、残された子供は……」

「さあ、そいつもねえ……」

「そうですか……」

「ま、女郎から遣り手になり、吉原を出た後もいろいろ苦労をしたかもしれないが、おしまは口入屋と云うより、妾を周旋する非道な女衒ですよ」

口入屋は吐き棄てた。

大年増の女将のおしまが天狗に殺されたのは、八王子の非道な真似の所為《せい》かもしれないのだ。

だとしたら、天狗はおしまに非道な真似をさせた大身旗本の命も狙うかもしれない。

半兵衛の旦那に報せなければ……。

半次は、夕暮れの町を急いだ。

駿河台の旗本屋敷街は、夕暮れに覆われた。

おりんは、太田姫稲荷の境内の茶店の老婆に小粒《こつぶ》を握らせ、縁台に腰掛けて淡路坂に続く通りを眺めた。

淡路坂に続く通りには、渡り中間や通いの奉公人が通った。

おりんと茶店の老婆は、通りを行く人たちを眺めた。

音次郎は、暗がりから見守った。

島村屋敷のある方から老爺がやって来た。

「万造《まんぞう》さん……」

茶店の老婆は、老爺を呼び止めた。

「何だい、婆さん……」

万造と呼ばれた老爺は、怪訝《けげん》な面持ちで立ち止まった。

「此方《こちら》の姐《ねえ》さんが、ちょいと訊きたい事があるんだよ」

茶店の老婆は、万造に告げた。

「何だい……」

万造は、怪訝な面持ちで茶店にやって来た。

「万造さんが通い奉公をしている御屋敷、島村さまのお屋敷だったよね」

「ああ、島村兵庫さまの御屋敷だけど……」

「あの、御屋敷におつたさんってお妾さんはいませんか……」

おりんは、万造に素早く小粒を握らせた。

「えっ、お妾……」

万造は、戸惑いながらも小粒を握り締めた。

「はい。おつたさんです……」

おりんは、万造を見詰めた。

「ああ、おつたさまなら、今は御屋敷にいませんよ」

「いない……」

おりんは緊張した。

「ええ。おつたさまは御隠居さまの側室《そくしつ》、お妾さんでしてね」

「御隠居さまのお妾……」

「ええ。御隠居の頼母さまのお妾で、今は御隠居さまと向島の御屋敷でお暮らしですよ」

万造は告げた。

「向島の御屋敷……」

「ええ……」

万造は頷いた。

「何処です。御屋敷は向島の何処ですか……」

おりんは訊いた。

「長命寺《ちょうめいじ》の裏にある御屋敷ですよ」

「長命寺裏の御屋敷……」

おりんはその眼を輝かせた。

何かを摑んだ……。

おりんは、何かを摑んだのだ。

音次郎は、暗がりから見守り続けた。

四

半次は、分かったおしまの過去を半兵衛に報せた。

「そうか。おしま、八王子でそんな非道な真似をしていたのか……」

半兵衛は眉をひそめた。

「ええ。で、天狗がその報《むく》いに殺したのなら、おしまの次に狙われるのは、大身旗本かもしれません」

半次は、自分の読みを伝えた。

「半次、天狗は既にその大身旗本の周囲に現れているよ」

半兵衛は教えた。

「半兵衛の旦那……」

半次は驚いた。

「その大身旗本は駿河台に屋敷のある三千石取りの島村兵庫。で、昨夜、天狗が屋敷の前に現れた」

「じゃあ、天狗は次に島村兵庫を……」

半次は読んだ。

「うむ。だが、兵庫は四年前に父親の頼母が隠居して家督を継ぎ、物静かで目立たない人柄。それに未だに甲州の領地には行っていない……」

「じゃあ……」

半次は戸惑った。

「天狗が次に狙うのは、おそらく女好きの隠居の頼母だ」

半兵衛は睨んだ。

「隠居の頼母さま……」

半次は眉をひそめた。

「ああ。八王子でおしまに後家さんを妾奉公させろと命じたのは、島村家の隠居の頼母の筈だ……」

半兵衛は睨んだ。

「となると、如何《いか》に天狗でも、旗本屋敷に忍び込んで狙うのは……」

「半次、公儀への届け出では、隠居の頼母は今、向島の別宅にいる筈だよ」

半兵衛は、不敵な笑みを浮かべた。


太田姫稲荷の茶店は雨戸を閉めた。

音次郎は、見張り続けていた。

あれから老爺が立ち去り、おりんは茶店の中に入り、老婆は雨戸を閉めた。

雨戸を閉めた茶店の潜り戸が開き、黒い着物と裁着袴姿の者が出て来た。

天狗……。

音次郎は眼を瞠った。

黒い着物に裁着袴の者は、塗笠《ぬりがさ》を目深《まぶか》に被って顔を隠していた。

何《いず》れにしろ、赤い顔で長い鼻の天狗の顔ではない……。

音次郎は、戸惑いを覚えた。

塗笠を目深に被った黒い着物に裁着袴の者は、茶店のある境内を出て淡路坂に向かって走り出した。

塗笠の下の一つに束ねられた長い髪が翻った。

天狗と同じだ……。

音次郎は追った。

塗笠を被り、黒い着物に裁着袴の者は、淡路坂を駆け下りた。

走る者を追うのは難しい……。

音次郎は、気が付かれないように懸命に追った。

音次郎は、淡路坂から神田八ツ小路に駆け下りた。

神田八ツ小路は暗く、塗笠を被り黒い着物に裁着袴姿の者は勿論《もちろん》、人影は何処にも見えなかった。

見失った……。

音次郎は、立ち止まって乱れた息を鳴らした。

塗笠を被り黒い着物に裁着袴の者は天狗であり、その正体は軽業の娘太夫のおりんなのかもしれない……。

音次郎は、乱れた息を整えながら読んだ。


「軽業の娘太夫のおりんか……」

半兵衛は眉をひそめた。

「はい……」

音次郎は頷いた。

「で、音次郎。そのおりん、太田姫稲荷の茶店で旗本屋敷の下男のような年寄りに何かを尋ねていたんだな」

半次は眉をひそめた。

「はい。金を握らせて……」

「金をな。して、音次郎。娘太夫のおりん、直吉と云う八歳程の子供と一緒だったな……」

半兵衛は訊いた。

「はい。直吉のおっ母さんは八王子でいなくなり、それ以来、おりんが育てて来たようですぜ」

音次郎は告げた。

「八王子か……」

「旦那……」

「うん。どうやら、天狗の正体と狙いに漸く近付いたようだな」

半兵衛は笑った。

「はい……」

半次は頷いた。

「おそらく天狗、次は向島に現れるか……」

半兵衛は読んだ。

両国広小路は賑わっていた。

おりんたち軽業一座の見世物小屋は、客が出入りをしていた。

半次と音次郎は、物陰から軽業一座の見世物小屋を見張った。

見世物小屋を開けている間、おりんが動く心配はない……。

半次と音次郎は見張り続けた。
隅田川《すみだがわ》には様々な船が行き交っていた。
向島の土手道を来た半兵衛は、長命寺の手前を流れる小川沿いの田舎道に曲がった。
田舎道は、小川と長命寺の土塀の間を東に続いていた。
半兵衛は田舎道を進んだ。
長命寺の土塀が途切れ、新たな土塀に囲まれた武家屋敷があった。
此処が島村家の別邸であり、隠居の頼母が妾や僅かな家来、奉公人と暮らしている。
半兵衛は、島村家の別邸を眺めた。
五年前、おしまの非道な手立てで隠居の頼母の妾にされた後家も此の別邸にいるのだ。
半兵衛は読んだ。
天狗は、隠居の頼母と妾の後家をどうするつもりなのだ。

隠居の頼母をおしまのように殺し、妾の後家を連れ去るのか……。

半兵衛は、天狗の出方に興味があった。


昼が過ぎた。

両国広小路の賑わいは静まり始め、軽業一座の見世物小屋は木戸を閉めた。

おりんは動く……。

半次と音次郎は緊張した。

おりんが風呂敷包みを抱え、軽業一座の見世物小屋の裏から出て来た。

「親分、おりんです」

音次郎は囁いた。

「うん……」

半次は頷いた。

おりんは、風呂敷包みを抱えて人込みの中を両国橋に向かった。

「親分……」

「うん。音次郎、お前は面が割れている。俺が先に行くぜ」

「はい……」

音次郎は頷いた。

半次は、おりんを追った。


大川に架かっている両国橋は本所と結んでおり、多くの人たちが渡っていた。

おりんは、両国橋を渡って本所に入り、大川端の道を北に向かった。

向島に行く……。

半次は尾行た。

音次郎は続いた。

御竹蔵《おたけぐら》から北本所、そして吾妻橋《あづまばし》の東詰……。

おりんは、大川端の道を北に進んで源森橋《げんもりばし》の北詰を抜けた。そして、水戸《みと》藩江戸下屋敷前を通って向島に入った。

やはり、島村家の別邸に行く……。

半次は睨み、慎重に尾行た。

音次郎は続いた。

向島の土手道は西日に照らされ、長命寺前の茶店の『名物桜餅《さくらもち》』の小旗は微風に揺れていた。

半兵衛は、巻羽織を脱いで茶店の縁台に腰掛け、茶を啜っていた。

風呂敷包みを抱えた若い女が、水戸藩江戸下屋敷の方からやって来た。

半兵衛は、茶を啜りながらやって来る若い女を窺った。

若い女の後ろから半次らしい男が来るのが僅かに見えた。

おりんか……。

半兵衛は、風呂敷包みを抱えた若い女がおりんだと知った。

おりんは、落ち着いた足取りでやって来た。

半兵衛は、茶を啜りながら見守った。

おりんは、茶店の老亭主に会釈をして店先を通り過ぎて行った。

「知り合いかい……」

半兵衛は、見送っている老亭主に訊いた。

「え、ええ。昨夜、訪ねて来ましてね」

「ほう。夜、何をしに来たんだい」

「はい。裏にある御屋敷は、旗本の島村さまの別邸ですかって……」

老亭主は告げた。

「へえ。そんな事を尋ねにね」

半兵衛は苦笑した。

「ええ。で、そうですよって云ったら、お妾さんの名前はおつたかと……」

「で、何て……」

「確かそうですよと……」

老亭主は苦笑した。

昨夜、おりんは島村の別邸におつたがいるのを確かめに向島に来ていた。

何故、おつたの所在に拘《こだわ》る……。

半兵衛は思いを巡らせた。

そうか……。

半兵衛は気が付いた。

半次は、半兵衛に会釈をしておりんを追って行った。

「旦那……」

音次郎が、半兵衛に駆け寄って来た。

「親分が追って行った若い女がおりんです」

「うん……」

半兵衛は頷いた。

「じゃあ……」

音次郎は、半次を追って行った。

「さあて、どうするかな……」

半兵衛は、笑みを浮かべて見送った。

陽は西に大きく傾き、隅田川の流れを煌《きら》めかせた。

隅田川の流れに月影は揺れた。

半兵衛は、音次郎に誘《いざな》われて田畑の中を進み、軒《のき》の傾いた小さな百姓家に近付いた。

百姓家近くの木陰には、半次が潜んでいた。

「あの家か……」

半兵衛は、百姓家を眺めた。

「ええ。潰れ掛けた空き家のようです」

「夜を待ったか……」

「ええ。おそらく此から島村さまの別邸に忍び込み、御隠居の命を狙うつもりなんでしょう」

半次は読んだ。

「うん。そして、五年前、無理矢理に妾にされた後家のおつたを助け出すか……」

半兵衛は読んだ。

「おつたを助け出す……」

半次は戸惑った。

「うん。直吉のおっ母ちゃんをね」

「直吉のおっ母ちゃん……」

音次郎は眉をひそめた。

「旦那……」

半次は、半兵衛の云わんとしている事を読んだ。

「うん。おりんは天狗に扮《ふん》しておしまを襲い、直吉の母親のおつたを妾にした旗本が誰か突き止め、おつたを助け出そうとしているのだ」

半兵衛は微笑んだ。

「そうなんですか……」

音次郎は驚いた。

「で、どうするんですか……」

半次は、半兵衛の出方を窺った。

「此以上、おりんに人を殺させたくないし、おつたを救い出させてもやりたい。さあて、どうするかな……」

半兵衛は苦笑した。

軒《のき》の傾いた小さな百姓家の板戸が、軋《きし》みを鳴らして開けられた。

半兵衛、半次、音次郎は、木陰に素早く身を潜めた。

黒い着物に裁着袴姿のおりんが、軒の傾いた小さな百姓家から出て来た。

おりんは、長い髪を後ろで一つに束ね、腰に天狗の面を下げていた。

半兵衛、半次、音次郎は見守った。

おりんは、田畑の間に進み出て長命寺に向かった。

「よし、半次。おりんを見守り、危ない時は助けてやりな。私と音次郎は、島村の別邸の家来や奉公人たちを引き付ける」

半兵衛は、不敵に云い放った。

島村家別邸には明かりが灯されていた。

おりんは、島村家の別邸の裏手に廻って行った。

「じゃあ、旦那……」

「うん……」

半次は、おりんを追って行った。

「さあて、音次郎、お尋ね者の人殺しを追うよ」

半兵衛は笑った。

「合点です」

音次郎は頷いた。

「行くよ……」

半兵衛は、音次郎を従えて島村家別邸の表門に向かった。

島村家別邸の表門が激しく叩かれた。

「誰だ……」

別邸に詰めている隠居付きの二人の家来が、緊張した面持ちで表門脇の潜り戸から出て来た。

「やあ。私は北町奉行所の者だが、此の界隈でお尋ね者の人殺しを追っているのだが……」

半兵衛は告げた。

「お尋ね者の人殺し……」

二人の家来は戸惑った。

「うむ。で、そのお尋ね者の人殺しが、此の屋敷の門前でうろついていたのを見掛けた者がいましてな」

半兵衛は脅した。

「そ、そんな……」

二人の家来は狼狽《うろた》えた。

「既に屋敷の何処かに潜んでいるかもしれぬ。念の為、検《あらた》めさせてくれぬかな」

半兵衛は告げた。

「御隠居さまにお報せする」

家来の一人が潜り戸に入った。

「ならば、取り敢えず前庭だけでも……」

半兵衛は、家来に続いて潜り戸に入った。

「あっ、待て……」

残った家来が慌てて追った。

音次郎が続いた。


おりんは、別邸の裏の土塀を乗り越え、邸内に忍び込んだ。

半次が土塀の上に現れ、別邸の中を窺った。

植込みの陰から天狗が現れ、明かりの灯された座敷の縁《えん》の下《した》に潜り込んだ。

半次は見守った。

家来が慌てた様子で廊下を来て、明かりの灯された座敷の前に跪《ひざまず》いた。

「御隠居さま……」

「どうした……」

白髪の老武士が障子を開け、姿を見せた。

隠居の島村頼母だ……。

半次は見定めた。

「只今、北町奉行所の同心が訪れ、お尋ね者の人殺しが御屋敷に潜り込んだかもしれぬと申しておりまして……」

「何だと……」

隠居の頼母は、報せに来た家来を従えて表に急いだ。

障子の開け放たれた座敷から年増が現れて見送った。

「おつたさん……」

縁の下に忍んだおりんが呼び掛けた。

おつたは怯んだ。

「八王子のおりんです……」

「おりんさん……」

おつたは、怯みを消した。

「はい。八王子でお世話になっていたおりんです」

「ああ。直吉の子守をしてくれていたおりんちゃん……」

おつたは、おりんを思い出した。

「はい……」

おりんは、縁の下をから出て天狗の面を取って素顔を見せた。

「おりんちゃん……」

おつたは顔を輝かせた。

「おったさん、直吉ちゃんが逢いたがっています。一緒に逃げましょう」

おりんは、おったに告げた。

「直吉が……」

おったの眼に涙が溢《あふ》れた。


半兵衛と半次は、隠居の頼母と二人の家来、二人の下男と三人の女中が見守る中で前庭や横手の納屋《なや》などを調べた。

「どうだ。お尋ね者の人殺しが忍び込んだ形跡はあるのか……」

頼母は、苛立たし気に尋ねた。

「さあて、前庭や横手の納屋などにはいないようですな」

半兵衛は辺りを見廻した。

「ならば、早々に立ち去れ」

「いえ。御屋敷の奥庭の方にも……」

「黙れ。もう良い……」

頼母は怒鳴り、屋敷内に入って行った。

「さあ。此迄だ。さっさと引き取れ」

二人の家来と下男たちは、半兵衛と音次郎を追い立てた。

「誰か、誰か参れ……」

頼母の叫び声が、屋敷の奥から聞こえてきた。

二人の家来は、慌てて屋敷の奥に走った。

半兵衛と音次郎が続いた。


頼母は、障子の開け放たれた座敷に立って小刻みに震えていた。

「御隠居さま……」

二人の家来が駆け込んで来た。

「おつたがおらぬ。捜せ、おつたを捜すのだ」

頼母は、呂律《ろれつ》の廻らぬ言葉を叫び、膝から崩れ落ちて倒れた。

「御隠居さま、御隠居さま……」

二人の家来は、激しく狼狽えた。

半兵衛は、座敷を見廻した。

座敷の隅に天狗の面が置かれていた。

どうやら、おりんはおつたを無事に助け出したようだった。

半兵衛は、天狗の面を見詰めた。
座敷には奉公人たちも駆け付け、頼母を寝間に運び、医者を呼びに走った。
半兵衛と音次郎は、混乱する島村家別邸を後にした。

両国広小路は閑散《かんさん》とし、並ぶ見世物小屋は寝静まっていた。
おりんとおつたは、軽業一座の見世物小屋に入って行った。
追って来た半次は見届け、見世物小屋の周囲の闇を窺った。
追って来る者の気配は窺えない……。
半次は見定めた。
どうやら無事に終わったようだが、油断は出来ない。
半次は、小さな吐息を洩らし、軽業一座の見世物小屋を暫《しばら》く見張る事にした。
両国橋から二人の人影がやって来た。
半次は、二人の人影が半兵衛と音次郎だと気が付いた。
半兵衛と音次郎は、軽業一座の見世物小屋にやって来た。
「半兵衛の旦那、音次郎……」
半次は、小声で呼び掛けた。

半兵衛と音次郎は、半次に気が付いた。

「どうやら、無事に助け出したようだな」

半兵衛は笑った。

「はい。もう見世物小屋に……」

半次は、軽業一座の見世物小屋を眺めた。

「じゃあ直吉、今頃、五年振りにおっ母ちゃんと逢っているんだ」

音次郎は、身を乗り出した。

「きっとな……」

半兵衛は頷いた。

「良かったぁ……」

音次郎は喜んだ。

「それで旦那。此の始末、どうします」

半次は眉をひそめた。

「さあて、どうするか……」

「半兵衛の旦那、世の中には町方のあっしたちが知らん顔をした方が良い事も……」

半次は、半兵衛に頭を下げた。

「旦那、あっしも親分の云う通りだと……」

音次郎は、遠慮がちに半兵衛を見詰めた。

「うん。此度《こたび》の一件、何もかも天狗の仕業。そう云う事だな」

半兵衛は笑った。

「旦那……」

半次は、半兵衛に感謝の眼を向けた。

「よし、決まった。半次、音次郎、おりんはおつたと直吉をどうするか、見張ってくれ」

半兵衛は命じた。

「心得ました」

半次と音次郎は頷き、深々と頭を下げた。

「じゃあな……」

半兵衛は、夜の町に立ち去って行った。

北町奉行所吟味方与力大久保忠左衛門は、事の次第を聞いた。

「よし、半兵衛。ならば此の一件、天狗の祟《たた》りだ。何もかも天狗の祟りだ」

忠左衛門は、筋張った細い首を伸ばして頷いた。

「如何にも。仰《おつしや》る通り、天狗の祟り……」

半兵衛は笑った。


あの夜、島村家隠居の頼母は卒中《そつちゆう》で倒れ、寝たきりの病人になった。

おりんたち軽業一座は、江戸での興行を終わらせて旅立った。

一座に新しい飯炊《めした》き女《おんな》のおつたを加えて……。

半次と音次郎は見送った。


半兵衛は、かつて八王子に現れた天狗と称する義賊が忍びの者崩《くず》れだったと知った。

天狗には、孤児の少女の弟子がいたが、やがて消息を断ったと云う。

半兵衛は、天狗と弟子の孤児の少女に想いを馳《は》せた。

天狗か……。

半兵衛は微笑んだ。

第三話　上意討

一

非番の北町奉行所は表門を閉め、人々は脇門から出入りをしていた。
半兵衛は、半次と音次郎を表門脇の腰掛《こしかけ》に待たせ、同心詰所《どうしんつめしょ》に入って行った。
当番同心に顔を見せ、直《す》ぐに見廻りに行く……。
半兵衛は、そう決めて同心詰所に入った。
「遅いぞ、半兵衛……」
吟味方与力大久保忠左衛門の甲高《かんだか》い声が飛んで来た。
半兵衛は、思わず身を縮《ちぢ》めた。
忠左衛門が同心詰所の奥におり、筋張《すじば》った細い首を伸ばして半兵衛を見据えていた。

「これは、大久保さま。おはよう……」

半兵衛は、慌《あわ》てて挨拶《あいさつ》をしようとした。

「挨拶無用、用部屋に参れ」

忠左衛門は、己の用部屋に向かった。

「は、はい……」

半兵衛は、小さな吐息を洩《も》らした。

当番同心は、懸命《けんめい》に笑いを堪《こら》えた。

「何をしている、半兵衛……」

忠左衛門の怒鳴り声がした。

「はい。只今《ただいま》……」

半兵衛は、当番同心を一睨《ひとにら》みして忠左衛門の用部屋に向かった。


「して、大久保さま、御用とは……」

半兵衛は、覚悟を決めて忠左衛門の前に座った。

「うむ。半兵衛、儂《わし》の幼馴染《おさななじ》みの友に四千石取りの大身旗本家の用人《ようにん》をしている者がいてな」

忠左衛門は、筋張った細い首を伸ばした。

「はあ……」

半兵衛は、気のない返事をした。

「その友の頼みなのだが、家中の若い侍が殿さまの怒りを買い、手討《てう》ちにされそうになってな……」

「手討ち……」

半兵衛は眉をひそめた。

「うむ。だが、若い侍は逸早《いちはや》く気が付き、屋敷から逐電《ちくでん》した」

忠左衛門は、己の言葉に頷《うなず》いた。

「それは良かった……」

「良くない……」

忠左衛門は怒鳴った。

「えっ……」

半兵衛は驚き、戸惑った。

「殿は激怒し、若い侍に討手《うって》を掛けたそうだ」

忠左衛門は昂《たかぶ》り、筋張った細い首を激しく震わせた。

「討手、上意討《じょういうち》ですか……」

半兵衛は眉をひそめた。

「左様《さよう》。で、我が友は儂に若い侍を何とか助けてやってはくれぬかと頼みに参ってな」

「助けてやってくれと……」

半兵衛は、微《かす》かな戸惑いを過《よ》ぎらせた。

「うむ。そこでだ、半兵衛。おぬし、その若い侍を助けてやってはくれぬか……」

忠左衛門は、筋張った細い首の喉仏《のどぼとけ》を上下させた。

「えっ、私が……」

「如何《いか》にも……」

「しかし、何分《なにぶん》にも旗本家家中での事、町奉行所の支配違い、我らがしゃしゃり出るような真似は……」

半兵衛は首を捻《ひね》った。

「構わぬ。半兵衛、万が一の時、骨は儂が拾ってやる。良いな。うん……」

忠左衛門は、己の言葉に頷いた。

「はあ……」

半兵衛は、小さな吐息を洩らした。

四千石取りの旗本の黒崎采女正《くろさきうねめのしょう》は、去年父親の死によって家督《かとく》を継いでいた。

忠左衛門の幼馴染みの友、北原宗十郎《きたはらそうじゅうろう》は先祖代々黒崎家の用人を務める家柄だった。

北原宗十郎は、先代の殿さま黒崎嘉門《かもん》の信頼が厚く、用人として黒崎家を大過《たいか》なく導いて来た。だが、先代嘉門が病死し、家督を継いだ嫡男の采女正は違った。

二十代半ばの采女正は、他人を見下す傲慢《ごうまん》な男であり、用人の北原宗十郎たち家来の云う事を何も聞かなかった。

そんな采女正が奥女中の佳乃《よしの》に夜伽《よとぎ》を命じた。しかし、佳乃には秘かに云《い》い交《か》わした片岡静馬《かたおかしずま》と云う黒崎家の若い家来がおり、采女正の命《めい》を拒《こば》んだ。

不義密通《ふぎみっつう》は御家の御法度《ごはっと》……。

采女正は激怒し、佳乃と片岡静馬を上意討にすると云い出した。

片岡静馬は、逸早くそれを察知し、佳乃を連れて逐電したのだ。

采女正は討手を掛けた。

用人の北原宗十郎は、片岡静馬と佳乃を哀れみ、幼馴染みの友である大久保忠左衛門に助けを求めた。


忠左衛門は、黒崎采女正の非情さと傲慢さを憤《いきどお》り、半兵衛に助けるように命じたのだ。

「そりゃあ又、面倒な事を命じられましたね」

半次は眉をひそめた。

「うむ……」

半兵衛は苦笑した。

「ですが、思い通りにならなきゃあ、手討ちだなんて、悪いのは殿さまですよ」

音次郎は吐き棄てた。

「まあな……」

半兵衛は頷いた。

「で、どうしますか……」

半次は、半兵衛の出方を尋ねた。

「とにかく、逐電した片岡静馬と佳乃を無事に江戸から黒崎家の討手の手の届かない処《ところ》に逃がすしかあるまい」

　半兵衛は告げた。

「そうですね。で、逐電した片岡静馬さんと佳乃さん、今、何処《どこ》にいるんですか……」

「そいつが、片岡静馬は両親を既に亡くし、黒崎屋敷の侍長屋暮らし、佳乃は神田須田町《すだちよう》の呉服屋の娘だが、実家には戻っていないそうだよ」

「じゃあ、討手の奴らも捜しているんですね」

　音次郎は訊いた。

「うん。おそらくね」

　半兵衛は頷いた。

「じゃあ……」

「うん。先《ま》ずは神田須田町の佳乃の実家の呉服屋に行ってみるか……」

　半兵衛は、半次と音次郎に笑い掛けた。

　神田須田町は神田八ツ小路の傍にあり、店の前の通りには多くの人が行き交っていた。

半兵衛は、半次や音次郎と呉服屋『京丸屋《きようまるや》』を眺《なが》めた。

呉服屋『京丸屋』は、客で賑《にぎ》わっていた。

「旦那……」

半次は、呉服屋『京丸屋』の脇の路地にいる二人の武士を示した。

「時々、京丸屋の店の中を窺《うかが》っています。黒崎家の者ですかね」

「うん。片岡静馬と一緒に逃げた佳乃が現れるのを見張っているんだろう」

「だとすると、黒崎家の討手、片岡静馬さんと佳乃さんを未だ見付けちゃあいませんか……」

半次は読んだ。

「おそらくね。よし、半次。京丸屋の主、佳乃の父親に逢いに行くよ。音次郎は、あの二人の侍を見張っていてくれ」

「合点《がってん》です」

音次郎は頷いた。

半兵衛は、半次を伴って呉服屋『京丸屋』の裏口に廻って行った。

呉服屋『京丸屋』の座敷は、店や表の賑わいにも拘《かか》わらず静かだった。

番頭は、半兵衛と半次を座敷に通し、女中に茶を運ばせた。

「此《これ》は此《これ》は、京丸屋儀《ぎ》兵衛《へえ》にございます」

初老の儀兵衛が現れ、半兵衛と半次に挨拶をした。

「うむ。私は北町奉行所の白縫半兵衛、こっちは本湊の半次だ」

半兵衛は名乗り、半次を引き合わせた。

半次は、半兵衛の背後で会釈をした。

「それで白縫さま、御用とは……」

儀兵衛は、半兵衛に緊張した眼差しを向けた。

「うむ。娘の佳乃の件だ……」

半兵衛は、儀兵衛を見詰めた。

「はい……」

儀兵衛は、必死に半兵衛を見返した。

そこには、娘の幸せを願う父親の必死さが窺えた。

「儀兵衛、私の上役が黒崎家用人の北原宗十郎さんに片岡静馬と佳乃を助けてやってくれと、秘かに頼まれてね」

半兵衛に小細工はなかった。

「えっ。北原さまが……」

儀兵衛は驚いた。

「うむ。黒崎采女正が放った討手から片岡静馬と佳乃を助け、江戸から逃がしてやってくれないかとね」

「白縫さま……」

儀兵衛は、半兵衛に半信半疑の眼差しを向けた。

「ま、俄《にわ》かには信じられぬだろうが……」

半兵衛は笑みを浮かべた。

「はい……」

儀兵衛は、正直に頷いた。

「ま、良い。処《ところ》で黒崎家の家来と思われる侍が二人、京丸屋を見張っている」

「えっ……」

「片岡静馬や佳乃が来るのは無論、店の者が静馬や佳乃の許に行くのも止めた方が良いな」

半兵衛は忠告をした。

「し、白縫さま……」

儀兵衛は、緊張に喉を鳴らした。

「よし。儀兵衛、今日は此迄《これまで》とするよ。私が信じられると思ったら、知っている事を教えて貰《もら》いたい……」

「は、はい……」

「それも、討手が見付け出す前にね。じゃあ、半次……」

半兵衛は、半次を促《うなが》して座敷を後にした。

「し、白縫さま……」

儀兵衛は、半兵衛を呼び止めた。

「なんだい……」

「いえ。お心遣い、忝《かたじけの》うございます」

儀兵衛は、迷いを露《あら》わにして頭を下げた。

「うむ。ではな……」

半兵衛は頷き、裏口に向かった。

半次が続いた。

音次郎は、斜向《はすむ》かいの路地から二人の武士を見張り続けた。

「音次郎……」

半次と半兵衛は、路地奥からやって来た。

「どうでした……」

「うん。主の儀兵衛さん、何か知っているようだが、半兵衛の旦那を信じて良いものかどうか、迷っているよ」

半次は、吐息を洩らした。

「そうですか……」

「ま、仕方があるまい……」

半兵衛は苦笑した。

「旦那……」

半次が呉服屋『京丸屋』を示した。

半兵衛と音次郎は、呉服屋『京丸屋』を見た。

旦那の儀兵衛が、番頭に見送られて呉服屋『京丸屋』から出て来た。

「旦那の儀兵衛さん、お出掛けですか……」

半次は眉をひそめた。

儀兵衛は店先を見廻し、番頭に見送られて神田八ツ小路に向かった。

二人の侍は追った。

「旦那……」

「よし。半次、音次郎、追うよ」

「じゃあ、あっしが先に……」

音次郎は、儀兵衛を尾行《つけ》る二人の侍を追った。

半次と半兵衛は続いた。


呉服屋『京丸屋』主の儀兵衛は、神田八ツ小路を横切り、神田川に架《か》かっている昌平橋《しょうへいばし》を渡った。

二人の侍は尾行た。

音次郎は追った。

「儀兵衛さん、半兵衛の旦那に云われたばかりなのに、何処に行くんですかね」

半次は眉をひそめた。

「さあて、何処かな……」

半兵衛は苦笑した。

儀兵衛は、明神下の通りを不忍池に進んだ。

二人の侍は尾行た。

音次郎、半次、半兵衛は追った。

不忍池には風が吹き抜け、水面《みなも》には幾つもの小波《さざなみ》が走った。

儀兵衛は、不忍池の畔《ほとり》に立ち止まって振り返った。

二人の侍は、思わず立ち止まった。

「私に何か御用ですか……」

儀兵衛は、厳しい面持《おもも》ちで問《と》い質《ただ》した。

「いや。別に。行き先が同じなようだ」

二人の侍は惚《とぼ》けた。

「ならば、お先にどうぞ……」

儀兵衛は云い放った。

「何……」

二人の侍は戸惑った。

「お二人は黒崎さまの御家中の方々ですな……」

儀兵衛は、微かな嘲《あざけ》りを過ぎらせた。

「佳乃は何処《どこ》にいる」

二人の侍は、儀兵衛に摑《つか》み掛《か》かった。

儀兵衛は後退《あとずさ》りをした。

「何をしている……」

半兵衛が現れた。

二人の侍は怯《ひる》んだ。

「白縫さま……」

儀兵衛は、微かな戸惑いを滲《にじ》ませた。

半次と音次郎が現れ、素早く儀兵衛を庇《かば》った。

「昼日中、町方の者を襲うつもりか……」

半兵衛は、二人の侍を見据えた。

「黙れ。我らは旗本家家中の者。町方の不浄役人にとやかく云われる筋合いはない」

二人の侍は、熱《いき》り立《た》った。

「そうはいかぬ。不浄役人は町方の者に累《るい》が及ぶのを見過ごしには出来ぬ」

半兵衛は云い放った。

「おぬしたち、やはり旗本黒崎家家中の方々のようだな……」

半兵衛は冷笑した。

「煩《うるさ》い……」

侍の一人が半兵衛に斬り掛かった。

半兵衛は僅《わず》かに体を開いて躱《かわ》し、侍の刀を握る手を十手《じって》で鋭く打ち据えた。

手の骨の折れる鈍《にぶ》い音が鳴り、侍は刀を落として蹲《うずくま》った。

「おい。大丈夫か……」

残る侍は狼狽《うろた》え、骨の折れた手を押さえて蹲っている侍に声を掛けた。

侍は苦しく呻《うめ》いた。

「お、おのれ……」

残る侍は、刀の柄《つか》を握った。

「やるか。次は手首では済まぬ……」

半兵衛は、十手を仕舞《しま》って僅かに腰を沈めて抜《ぬ》き打《う》ちに構えを取った。

残る侍は、蹲っている侍を助けて足早に立ち去った。

「音次郎……」

半次は、音次郎に二人の侍を追えと目配《めくば》せした。

「合点です」

音次郎は頷き、二人の侍を追った。

「白縫さま……」

儀兵衛は、微かな安堵《あんど》を浮かべた。

「やあ。怪我がなくて何より……」

半兵衛は笑った。

「ありがとうございました」

儀兵衛は、半兵衛に深々と頭を下げた。

「どうぞ……」

不忍池の畔の料理屋『水月《すいげつ》』の仲居《なかい》は、半兵衛、半次、儀兵衛に茶を出して座敷から出て行った。

「白縫さま、先程は申し訳ございませんでした……」

儀兵衛は、頭を下げて詫《わ》びた。

「いや。俄かに信じられぬのは無理からぬ事だ。詫びるには及ばない……」

半兵衛は苦笑した。

「ありがとうございます」

「して、儀兵衛。片岡静馬と佳乃は何処にいるのか、知っているのか……」

半兵衛は尋ねた。

「はい。おそらく静馬さんの御両親が眠っている片岡家の菩提寺《ぼだいじ》だと思います」

儀兵衛は告げた。

「片岡家の菩提寺……」

「はい。亡くなった静馬さんのお父上さまと御住職が碁敵《ごがたき》だったとか……」

「成《な》る程《ほど》。して、何処の何と云う寺かな……」

「此の先にある金沢《かなざわ》藩江戸上屋敷と水戸藩の中屋敷の裏にある光雲寺《こううんじ》と云うお寺です」

「光雲寺……」

半兵衛は眉をひそめた。

「はい。おそらく、静馬さんは御住職を頼り、佳乃を伴ってその光雲寺に匿《かくま》って貰っている筈《はず》です」

「旦那……」

半次は、半兵衛の出方を窺った。

「うん。ならば儀兵衛、その光雲寺に行ってみよう」

半兵衛は茶を飲み干した。


『本道外科《ほんどうげか》、桂井道庵《かつらいどうあん》』の古い看板を掲げた町医者に患者は少なかった。

音次郎は、町医者桂井道庵の家を見張った。

僅かな時が過ぎた。

桂井道庵の家から二人の侍が出て来た。

半兵衛に手の骨を折られた侍は、手に添木《そえぎ》を当てて晒布《さらし》を巻いていた。

二人の侍は、神田川に架かっている昌平橋を足早に渡り、神田八ツ小路に出た。

音次郎は追った。

二人の侍は、神田八ツ小路から備後《びんご》国福山《ふくやま》藩と丹波《たんば》国篠山《ささやま》藩の江戸上屋敷の間を通り、内濠に架かっている神田橋御門に向かった。

神田橋御門に行く迄には、大身旗本の屋敷が甍《いらか》を連《つら》ねている。

二人の侍は、足早に進んだ。

音次郎は慎重に追った。

二人の侍は、一軒の大身旗本屋敷の表門脇の潜り戸に入った。

音次郎は見届けた。

此処《ここ》が旗本の黒崎屋敷なのか……。

大身旗本の屋敷を眺めた。

屋敷は静けさに覆《おお》われていた。

音次郎は、辺りに聞き込みを掛ける相手を捜した。

二

不忍池の西に金沢藩江戸上屋敷や水戸藩江戸中屋敷があり、裏手に数軒の寺が連なっていた。

光雲寺は、その寺の連なりの中にあった。

半兵衛と半次は、呉服屋『京丸屋』儀兵衛と光雲寺の山門の前にやって来た。

光雲寺の山門は開いており、綺麗《きれい》に手入れされた境内《けいだい》が見えた。

境内の奥の本堂からは、住職の読む経が響いていた。

「御住職はお勤《つと》めか……」

半兵衛は、光雲寺を眺めた。

「旦那、ちょいとひと廻りして来ます」

半次は、半兵衛に断わって光雲寺の周りを検《あらた》めに行った。

「じゃあ、御住職のお勤めが終わる迄、境内で待たせて貰いますか……」

「はい……」

半兵衛と儀兵衛は、光雲寺の山門を潜って境内に入った。

半次は、光雲寺と隣の寺の間の狭い路地を土塀沿いに進んだ。

横手の路地には変わった様子もなく、不審な者もいなかった。

半次は、横手の路地から裏に曲がり、裏門に近付いた。

裏門は閉じられており、雑木林に囲まれた裏庭が見えた。

半次は、裏門を押した。だが、閂《かんぬき》が掛けられているのか、裏門は開かなかった。

抉《こ》じ開《あ》けられた痕跡《こんせき》はない……。

半次は見定め、裏門を過ぎて反対側の横手の路地に曲がった。

狭い土塀沿いの路地には、やはり変わった事も人もいなかった。

光雲寺の周囲に変わった事はない……。

半次は見定めた。


住職の経は続いていた。

「半兵衛の旦那……」

半次は、境内にいる半兵衛と儀兵衛に駆け寄った。

「どうだった……」

「取《と》り立《た》てて変わった様子は見受けられませんね……」

「そうか……」

黒崎家の家中の者は、やって来てはいないのかもしれない。

「それから光雲寺、裏庭に家作《かさく》はありませんでしたよ」

半次は報せた。

「じゃあ、静馬さんと佳乃は……」

儀兵衛は眉をひそめた。

住職の読む経が終わった。

「よし……」

半兵衛は、半次や儀兵衛と庫裏《くり》に向かった。

半兵衛、半次、儀兵衛は、方丈《ほうじょう》の座敷で住職の源海《げんかい》に逢った。

「どうぞ……」

寺男の久助《きゅうすけ》は、半兵衛たちに茶を差し出して出て行った。

「北町奉行所の白縫半兵衛さん、拙僧《せっそう》に何か御用ですかな」

住職の源海は、半兵衛に尋ねた。

「御住職、こちらは呉服屋京丸屋の主の儀兵衛さんです……」

半兵衛は、源海に儀兵衛を引き合わせた。

「京丸屋の儀兵衛さん……」

源海は、儀兵衛を見詰めた。

「はい。娘の佳乃がお世話になっていると思い、御挨拶に伺いました……」

儀兵衛は、源海に頭を下げた。

「それはそれは……」

源海は、手を合わせて目礼した。

「して、御住職。片岡静馬と佳乃は……」

半兵衛は、源海を見詰めた。

「それが、静馬と佳乃さんは、もう立ち去りました」

「立ち去った……」

半兵衛、半次、儀兵衛は戸惑った。

「左様。此処に来た翌日。静馬は当寺が片岡家の菩提寺だと黒崎家の用人に知られていると申しましてね。上意討の討手が来る前に身を隠すと云って……」

源海は眉をひそめた。

静馬は、黒崎家用人の北原宗十郎が秘かに助けようとしているのを知らないのだ。

「して、何処に……」

半兵衛は尋ねた。

「それが、静馬の奴。当寺や拙僧に此《これ》以上の迷惑は掛けられぬと、何も云わずに……」

「出て行きましたか……」

半兵衛は読んだ。

「左様。何処に行ったのか……」

源海は、吐息を洩らした。

黒崎屋敷から逃げた片岡静馬と佳乃は、逸早く光雲寺から姿を消していた。

「そうですか……」

半兵衛は頷いた。

「白縫さま……」

儀兵衛は、落胆《らくたん》を過ぎらせた。

「儀兵衛、討手が捜し廻っているのは、二人が無事でいる証拠だ」

半兵衛は慰《なぐさ》めた。

「は、はい……」

儀兵衛は頷いた。

「そうですか。いや、お邪魔致した。此から何かあれば、直ぐに報せて戴きたい」

「うむ。心得《こころえ》ましたぞ」

源海は頷き、儀兵衛と半兵衛に手を合わせて頭を下げた。

「ならば、此にて……」

半兵衛は、源海に挨拶をして儀兵衛と半次を促した。

半兵衛は、半次や儀兵衛と光雲寺の山門を出た。

「半兵衛の旦那……」

半次は、半兵衛に目配せをした。

「うん。私は儀兵衛の旦那を送るよ」

半兵衛は、小さな笑みを浮かべて頷いた。

「はい。じゃあ……」

半次は駆け去った。

「白縫さま、静馬さんと佳乃、何処に逃げたのでしょう」

儀兵衛は、吐息を洩らした。

「心配するな儀兵衛。静馬は討手の出方を読み、抜かりなくやっているようだ」

半兵衛は苦笑した。

「はあ……」

「じゃあ、帰るか……」

半兵衛は、儀兵衛を促して不忍池の畔に向かった。

僅かな刻が過ぎ、陽は沈み始めた。
寺男の久助が風呂敷包みを抱えて光雲寺の山門から現れ、足早に不忍池の畔に急いだ。
木陰から半次が現れ、久助を追った。
不忍池は夕陽に耀《かがや》いた。

黒崎屋敷の甍は夕陽に染まった。
音次郎は、黒崎屋敷を見張っていた。
黒崎屋敷から二人の武士と半纏《はんてん》を着た小者が出て来た。
二人の武士と小者は、旗本屋敷の連なりを神田八ツ小路に向かった。
片岡静馬と佳乃を捜しに行く……。
音次郎は読み、二人の武士と小者を追った。

光雲寺の寺男の久助は、不忍池の畔から根津権現《ねづごんげん》の脇を抜けて千駄木《せんだぎ》に進んだ。
半次は尾行た。

千駄木は夕暮れに覆われた。
久助は、千駄木の通りに出て団子坂《だんござか》に向かった。
何処迄行く……。
半次は追った。
久助は、団子坂を過ぎた処の田舎道に入った。
夕暮れの田舎道の先に古い寺があった。
久助は、古い寺の山門を潜った。
半次は見届け、山門に駆け寄って境内を窺った。
久助は、明かりの灯された庫裏に入って行った。
此の古寺にどんな用があって来たのか……。
ひょっとしたら、片岡静馬と佳乃が潜んでいるのかもしれない。
半次は境内に入り、明かりの灯されている庫裏の腰高障子に忍び寄った。
久助の声が庫裏の腰高障子越しに聞こえてきた。
「じゃあ、間違いなくお渡しして下さい」

久助は、風呂敷包みを古寺の老寺男に渡した。

「うん。確かに預かったよ」

老寺男は、風呂敷包みを引き取った。

「じゃあ、竹造《たけぞう》さん、手前は此で……」

久助は、竹造と呼んだ老寺男に頭を下げて庫裏を出た。

「ああ。気を付けてな……」

竹造は、久助を見送りに庫裏を出た。


久助は、庫裏を出て山門に向かった。

竹造は、戸口に立って見送った。

半次は、木陰に潜んで見守り、焦った。

今、久助を尾行れば竹造に気が付かれる。だが、遅くなれば見失う……。

半次は、竹造が早く庫裏に戻るのを願った。

久助は山門に急いだ。

竹造は見送った。

半次は焦った。

久助は山門を出た。

竹造は庫裏に入った。

半次は、木陰を出て山門に走った。


田舎道は暗かった。

半次は、古寺の山門を走り出た。

久助は、田舎道から団子坂の通りの闇に入った。

半次は、追って田舎道を走り、団子坂の通りに出た。

団子坂の通りは暗く、既に久助の姿は見えなかった。

見失った……。

半次は、団子坂の通りの闇に佇《たたず》み、乱れた息を整えた。

久助は光雲寺に帰ったのか、それとも違う処に行ったのか……。

半次は、久助の尾行を諦《あきら》め、古寺に片岡静馬と佳乃が匿われているかどうかを調べる事にした。

千駄木の田畑の緑は、夜風に揺れて鳴った。

神田須田町の通りを行き交う人は減った。

呉服屋『京丸屋』は、既に大戸を閉めていた。

半兵衛は、儀兵衛を呉服屋『京丸屋』に送り、酒の誘いを断わって八丁堀《はっちょうぼり》の組屋敷に帰ろうとした。

二人の武士と半纏を着た男が、神田連雀町からやって来た。

半兵衛は、素早く暗がりに潜んだ。

二人の武士と半纏の男は、呉服屋『京丸屋』の前に立ち止まり、店の様子を窺い始めた。

半兵衛は見守った。

音次郎が追って現れ、物陰に潜んで二人の武士と半纏の男を見張った。

二人の武士は黒崎家の家来……。

半兵衛は、音次郎が追って来た二人の武士と半纏の男の素性を読んだ。

何をする気だ……。

音次郎は物陰に潜み、二人の武士と半纏の男を見張った。

「音次郎……」

半兵衛が現れ、囁《ささや》いた。

「旦那……」

音次郎は戸惑った。

「黒崎家の奴らだな……」

半兵衛は念を押した。

「はい。討手なのか、只の探索方なのかは分かりませんが……」

音次郎は眉をひそめた。

「うむ。何《いず》れにしろ、夜の夜中に目障《めざわ》りな奴らだな」

半兵衛は苦笑した。

「はい……」

「よし、音次郎。呼《よ》び子笛《こぶえ》を吹き鳴らして火事だと騒ぎ立てな」

半兵衛は命じた。

「合点です」

音次郎は、呼び子笛を吹き鳴らし、「火事だ。火事だ」と大声で叫んだ。

呼び子笛の音と音次郎の叫び声が、夜空に響き渡った。

黒崎家の二人の武士と半纏を着た男は、戸惑った。

連なるお店に明かりが灯され、人々が慌てて出て来る気配がした。

人は、〝人殺し〟と聞いて家の奥で身を縮め、〝火事だ〟と聞いて家から飛び出して来る。

「火事だ、火事だ……」

呼び子笛の音は甲高く鳴り、音次郎の叫び声が響いた。

連なる店から人々が出て来た。

「火事だ。侍二人と半纏を着た野郎が付け火をしたぞ。火事だ……」

音次郎の叫び声が響いた。

黒崎家の二人の武士と半纏を着た男は、驚き怯んだ。そして、慌ててその場を離れ、神田八ツ小路に向かった。

「旦那……」

「うん……」

半兵衛と音次郎は、黒崎家の二人の武士と半纏を着た男を追った。

神田八ツ小路は暗く、行き交う者はいなかった。

黒崎家の二人の武士と半纏を着た男は、暗い神田八ツ小路に逃げて息を吐いた。

「お前たちか、付け火をしようとしたのは……」

半兵衛と音次郎が暗がりから現れた。

「ち、違う。我らは付け火など……」

二人の武士と半纏の男は狼狽えた。

「ならば、暗がりに潜んで何をしていた」

半兵衛は、厳しく見据えた。

「そ、それは……」

「我らは旗本家の者だ……」

二人の武士は慌てた。

「問答無用。言い訳は大番屋で聞かせて貰う」

半兵衛は迫った。

二人の武士は、身を翻《ひるがえ》して逃げた。

半纏を着た男が慌てて続こうした。

音次郎が鉤縄《かぎなわ》を放った。

鉤縄は、半纏を着た男の脚に絡《から》み付《つ》いた。

音次郎は、透《す》かさず鉤縄を引いた。

半纏を着た男は、鉤縄に脚を取られて前のめりに倒れた。

音次郎は、倒れた半纏を着た男に飛び掛かり、十手で殴り付けて捕《と》り縄《なわ》を打った。

「旦那……」

「うん。大番屋に引き立てな」

半兵衛は命じた。


千駄木の古寺は山門を閉め、夜の静寂に沈んでいた。

半次は、古寺の境内に忍び込み、庫裏の様子を窺った。

庫裏では、老寺男の竹造が夕食の後片付けをしていた。

半次は、庫裏の前から庭に廻った。そして、方丈に連なる座敷を眺めた。

連なる座敷の一つに明かりが灯されていた。

半次は、明かりの灯されている座敷に近寄り、中の様子を窺った。

座敷では、白い顎髭《あごひげ》の老住職が書見《しょけん》をしながら茶碗酒を飲んでいた。

半次は苦笑し、方丈の外の庭を進んで本堂の裏に出た。

本堂の裏には家作はなく、庭が土塀に続いていた。

どうやら、此の古寺にも片岡静馬と佳乃は隠れていないようだ。

半次は、吐息を洩らして来た庭を戻った。

「では、和尚さま、ちょいと行って参ります」

老寺男の竹造の声が、方丈の老住職の座敷から聞こえた。

半次は、足を止めて座敷を窺った。

「うむ。気を付けてな……」

老住職は竹造に告げた。

「はい……」

竹造は、老住職の座敷から出て行った。

夜更《よふ》けに出掛けるのか……。

半次は、庫裏に急いだ。

竹造は、風呂敷包みを背負い、提灯《ちょうちん》を手にして庫裏から出て来た。

風呂敷包みは、光雲寺の寺男の久助が持って来た物だ……。

半次は気が付いた。

竹造は、古寺の山門を出て田舎道を団子坂の通りに向かった。

今度は見失わない……。

半次は、竹造の持つ提灯の明かりを尾行た。

三

大番屋の詮議場《せんぎじょう》の壁には、灯された明かりが映《は》えた。

音次郎は、座敷の框《かまち》に腰掛けた半兵衛の前に半纏を着た男を引き据えた。

「名前は……」

半兵衛は、半纏を着た男を見据えた。

「さあて、忘れましたよ……」

半纏を着た男は、不貞不貞《ふてぶて》しい態度で嘲《あざけ》りを浮かべた。

「手前……」

音次郎は怒り、鞭《むち》を振り上げた。

「止めな……」

半兵衛は、音次郎を制した。

音次郎は、不服気に鞭を降ろした。

「そうか、名は忘れたか……」

半兵衛は苦笑した。

「ああ……」

半纏を着た男は嘲笑《ちょうしょう》した。

「ならば、名無しで死んで貰うしかないな」

半兵衛は告げた。

「えっ……」

半纏を着た男は戸惑った。

「呉服屋京丸屋に付け火をしようとした咎《とが》で死罪だ」

半兵衛は云い放った。

「そ、そんな……」

半纏を着た男は仰天《ぎょうてん》した。

「付け火の咎が嫌なら、人殺しでも押し込みでも、好きな咎を選ぶんだな。こっちは名前があろうがなかろうが、死罪にすれば手間も掛からず一件落着だ。どれにする……」

半兵衛は、楽しそうに笑い掛けた。

「と、徳松《とくまつ》です……」

半纏を着た男は、恐怖に嗄《しやが》れ声《ごえ》を引《ひ》き攣《つ》らせた。

「徳松だと……」

半兵衛は眉をひそめた。

「はい。あっしの名前は徳松です」

「無理するな。こっちは名前なんか、どうでも良いんだよ」

「本当です。あっしは徳松です。旗本の黒崎屋敷に雇われている渡り中間の徳松です。本当です、旦那……」

徳松は、必死に声を震わせた。

「じゃあ、徳松。京丸屋の前で何をしていたんだい」

「見張りです……」

「見張り……」

「はい。不義密通をして黒崎屋敷から駆け落ちした片岡って家来と京丸屋の娘が夜更けに現れるのを見張っていたんです」

「不義密通で駆け落ちか……」

「はい。で、殿さまが怒り、捜し出して手討ちにしろと……」

「討手を放ったか……」

「はい。それで、家中の方々とあっしたちが二人の立ち廻りそうな処を捜しているんです」

「ならば、黒崎家としては駆け落ちした片岡って家来と京丸屋の娘が何処にいるか、未だ分からないのだな」

「はい……」

「手掛かりも摑んでいないのか……」

「はい。未だ此と云ったものは……」

「そうか……」

半兵衛は、黒崎家の探索状況を知った。

「あの、旦那……」

徳松は、半兵衛に縋《すが》る眼差しを向けた。

「徳松、討手は何と云う奴だ……」

半兵衛は訊いた。

「黒崎家家中で一番の遣い手の加納彦四郎《かのうひこしろう》って方です」

徳松は告げた。

「加納彦四郎か……」

半兵衛は、片岡静馬と佳乃に放たれた討手の名を知った。

燭台《しょくだい》の火は、油が切れ掛かったのか、音を鳴らして揺れ始めた。


団子坂の通りは、駒込白山権現《こまごめはくさんごんげん》から谷中天王寺を結んでいる。

古寺の老寺男の竹造は提灯を翳《かざ》し、風呂敷包みを背負って夜の団子坂の通りを谷中天王寺に向かっていた。

半次は尾行た。

竹造は、谷中に向かって寺の連なりを進んだ。そして、谷中に入って天王寺の手前を北に曲がり、裏手を進んで東に折れた。

小川のせせらぎの音が聞こえた。

石神井用水《しゃくじいようすい》には月明かりが揺れ、軽やかなせせらぎの音が響いていた。

竹造は、風呂敷包みを背負い、提灯で足元を照らして石神井用水沿いの小径《こみち》を東に進んだ。
此のまま進めば根岸《ねぎし》の里だ。
竹造は根岸の里に行くのか……。
半次は、竹造を慎重に尾行た。
竹造は、石神井用水沿いの小径を進んで根岸の里に進んだ。
根岸の里には、石神井用水沿いに洒落《しゃれ》た佇まいの家があった。
竹造は、石神井用水沿いにある小さな家の戸口に進んだ。
あの家か……。
竹造は、周囲の闇を見廻し、雨戸の閉められている小さな家の戸を小さく叩いた。
半次は見守った。
小さな家の戸が開いた。
竹造は、提灯の火を吹き消して小さな家に入り、戸を閉めた。
半次は見届けた。
誰の家なのだ……。

半次は、小さな家を見詰めた。

生垣に囲まれた小さな家は、雨戸を閉めた縁側を石神井用水に向けている。

縁側に寛《くつろ》いで小川の流れを眺める造りだ。

粋人《すいじん》の洒落た好みだ……。

おそらく、文人墨客《ぶんじんぼっかく》の建てた家なのだ。

半次は読んだ。

小さな家は誰のものであり、誰が住んでいるのか……。

竹造は、光雲寺の寺男の久助が持って来た風呂敷包みを、小さな家にいる者に届けに来たのかもしれない。

何れにしろ、住んでいるのは誰なのか……。

ひょっとしたら、片岡静馬と佳乃が隠れているのかもしれない。

半次は思いを巡らせた。

僅かな刻が過ぎた。

小さな家の戸が開いた。

半次は、物陰に隠れた。

戸口から竹造が現れ、家の中にいる者と僅かに言葉を交わした。

半次は、家の中にいる者を見定めようとした。

竹造は、提灯で足元を照らして石神井用水沿いの小径を戻り始めた。

小さな家の戸が閉められた。

半次は、家の中にいる者を見定める事は出来なかった。

竹造は、千駄木の古寺に帰る筈だ。

半次はそう読み、小さな家に誰が住んでいるのか探る事にした。

夜の根岸の里には、石神井用水のせせらぎの軽やかな音だけが響いた。

旗本黒崎屋敷の表門は閉められており、小者たちが門前や周囲の掃除をしていた。

半兵衛と音次郎は、物陰から見張っていた。

中間姿の徳松が現れ、小者たちと門前の掃除を始めた。

「旦那、徳松です……」

「うん……」

半兵衛は、黒崎家の事を報せる約束をさせて徳松を放免していた。

半兵衛と音次郎は、掃除をする徳松を見守った。

徳松は、それとなく辺りを見廻しながら掃除をした。

「徳松の野郎、旦那と俺を捜していますよ」

音次郎は、苛立ちを浮かべた。

「ああ……」

半兵衛は苦笑した。

黒崎屋敷の潜り戸から数人の家来たちが現れ、何組かに別れて出掛けて行った。

徳松や小者たちが掃除の手を止め、頭を下げて見送った。

「家来共、片岡さんと佳乃さんを捜しに行ったんですかね」

音次郎は読んだ。

「おそらくね……」

半兵衛は頷いた。

背の高い痩《や》せた武士がやって来た。

「旦那……」

「うむ……」

半兵衛は、背の高い痩せた武士を見詰めた。

落ち着いた油断のない足取り……。

「かなりの遣い手だな。おそらく討手の加納彦四郎だよ」

半兵衛は読んだ。

瘦せた背の高い武士は、黒崎屋敷の潜り戸に向かった。

「こりゃあ、加納さま……」

徳松は、瘦せた背の高い武士を加納さまと呼び、小者たちと一緒に頭を下げて迎えた。

加納と呼ばれた瘦せた背の高い武士は、徳松と小者たちに頷いて潜り戸に入って行った。

「旦那の睨み通り、奴が加納彦四郎ですぜ」

音次郎は緊張した。

「うん……」

半兵衛は頷いた。

小者たちは、表門前の掃除を終えて裏門に続く路地に入って行った。

徳松は、怪訝《けげん》な面持ちで辺りを見廻し、潜り戸に入って行った。

「音次郎、加納彦四郎が出掛ける時は、家中の者が片岡静馬と佳乃を見付けた時だ」

半兵衛は睨んだ。

「はい……」

音次郎は、緊張に喉を鳴らして頷いた。


根岸の里には水鶏《くいな》の鳴き声が響いた。

半次は、時雨《しぐれ》の岡《おか》にある御行《おぎょう》の松《まつ》と不動堂《ふどうどう》の陰から石神井用水の傍の小さな家を見張っていた。

小さな家は、朝になっても縁側の雨戸を開けず、人の出入りもなかった。

だが、人がいるのは確かだ……。

半次は、小さな家を眺めた。

誰かが潜んでおり、古寺の老寺男の竹造が食べ物や必要な物を秘かに届けているのかもしれない。

半次は読み、小さな家の近所の者たちにそれとなく聞き込みを掛けた。

小さな家は、かつて茶の宗匠《そうしょう》が住んでいたが、病で死んでから空き家になっていた。

近所の者たちは、そう思っている。

半次は、小さな家を見張り続けた。

石神井用水の流れは煌《きら》めいた。

小さな家の戸が開いた。

半次は、御行の松の陰に素早く隠れた。

饅頭笠《まんじゆうがさ》を目深《まぶか》に被《かぶ》った托鉢坊主《たくはつぼうず》が戸口から現れ、石神井用水沿いの小径を谷中に向かった。

片岡静馬か……。

半次は睨み、托鉢坊主を追った。

托鉢坊主は、石神井用水沿いの小径から小橋を渡り、芋坂《いもざか》に進んだ。

何処に行く……。

半次は追った。


半兵衛は、討手の加納彦四郎の見張りを音次郎に任せ、神田須田町の呉服屋『京丸屋』に来た。

呉服屋『京丸屋』は、いつも通り店を開けていた。

半兵衛は、呉服屋『京丸屋』の店先と周りを窺った。

店先と周りには、黒崎家の家来と思われる武士はいなく、向かいの蕎麦屋《そばや》の軒下で風車《かざぐるま》売りが商売をしているぐらいだった。

呉服屋『京丸屋』を見張るのを諦めたのか、それとも形《なり》を変えて何処かに潜んでいるのかもしれない。

何れにしろ、黒崎采女正の思い通りにはさせぬ……。

半兵衛は、呉服屋『京丸屋』の店先を通り過ぎて神田八ツ小路に向かった。

神田八ツ小路は多くの人が行き交っていた。

托鉢坊主は、根岸の里から谷中に出て不忍池の畔に出た。そして、不忍池の畔から明神下の通りを進み、神田川に架かる昌平橋を渡って神田八ツ小路に出た。

半次は尾行た。

托鉢坊主は、神田八ツ小路を横切って神田須田町に向かった。

京丸屋に行くのか……。

半次は読んだ。

托鉢坊主は、神田須田町の通りを進んだ。

行く手に呉服屋『京丸屋』が見えて来た。

托鉢坊主は、饅頭笠を目深に被り直して呉服屋『京丸屋』に向かった。

やはり、行き先は京丸屋だ……。

半次は尾行た。

「托鉢坊主か……」

巻羽織を脱いだ半兵衛が背後から並んだ。

「はい。どうやら片岡静馬さんのようです」

半次は、先を行く托鉢坊主を示した。

「行き先は京丸屋だな」

「きっと……」

「よし……」

半兵衛と半次は、托鉢坊主を尾行した。

呉服屋『京丸屋』は客が出入りし、小僧が店先の掃除をしていた。

托鉢坊主は、掃除をしている小僧に近寄った。

「小僧……」

托鉢坊主は、小僧に声を掛けた。

「はい……」

小僧は、怪訝に托鉢坊主を見上げた。

「旦那さまに渡してくれ。佳乃さんからだ」

托鉢坊主は囁き、小僧に素早く手紙を渡して離れた。

「は、はい……」

小僧は、戸惑いながらも頷き、足早に立ち去って行く托鉢坊主を見送った。

「旦那、小僧に手紙を渡しましたよ」

半次は見届けた。

「うん。下手《へた》な渡し方だ……」

半兵衛は眉をひそめ、呉服屋『京丸屋』の周りを見廻した。

斜向かいの蕎麦屋の軒下で商売をしていた風車売りが、托鉢坊主を追った。そして、蕎麦屋から二人の浪人が現れ、風車売りに続いた。

「旦那……」

半次は眉をひそめた。

「風車売りと二人の浪人。黒崎家の者たちだ」

半兵衛は睨んだ。

「やっぱり……」

半次は、托鉢坊主を追う風車売りと二人の浪人を見詰めた。

風車売りと二人の浪人は、托鉢坊主が小僧に手紙を渡すのを見て、片岡静馬と佳乃に拘わる者だと気が付いたようだ。

「どうします。此のままじゃあ……」

半次は、焦りを滲ませた。

「半次、物事には潮目《しおめ》ってものがある。そろそろ変え時かもしれないな」

半兵衛は小さく笑った。

「旦那……」

半次は戸惑った。

「まあ、良い。して、片岡静馬と佳乃は何処に隠れているんだい」

「根岸の里です」

「そうか、根岸の里か。良く突き止めた。御苦労だったたな」

半兵衛は微笑み、労《ねぎら》った。

「いえ……」

半次は苦笑した。

托鉢坊主は、裏通りに入って神田八ツ小路に戻り始めた。

風車売りと二人の浪人は追った。

半兵衛と半次は続いた。


托鉢坊主は、谷中天王寺脇の芋坂を下りた。

風車売りと二人の浪人は、入れ替わりながら慎重に托鉢坊主を追った。

半兵衛と半次は続いた。

やがて、石神井用水のせせらぎの輝きが見えて来た。

「旦那、此のままじゃあ、片岡静馬さんと佳乃さんの隠れている家が突き止められてしまいます」

半次は焦り、戸惑った。

「安心しろ、半次。悪いようにはしないさ」

半兵衛は笑った。

石神井用水の流れは煌めき、水鶏の鳴き声が響いていた。

托鉢坊主は、石神井用水沿いの小径を進んで小さな家に入った。

風車売りと二人の浪人は見届けた。そして、何事かを打ち合わせをし、浪人の一人が来た道を足早に戻り始めた。

残った風車売りと浪人の一人は物陰に隠れ、托鉢坊主の入った小さな家の見張りに就《つ》いた。

「旦那、あの浪人、黒崎屋敷に報せに行きました。止めなくて良いんですか……」

半次は焦った。

「落ち着け、半次。此で良い……」

半兵衛は笑った。

四

根岸の里には、石神井用水のせせらぎの音が軽やかに続き、水鶏の鳴き声が長閑《のどか》に響き渡っていた。

半兵衛と半次は、時雨の岡から石神井用水の傍の小さな家を見守った。

小さな家は、雨戸を閉めたままで人の出入りはなかった。

浪人と風車売りは、小さな家の中の様子を窺っていた。

「よし、半次。そろそろ浪人と風車売りを押さえるよ」

半兵衛は薄く笑った。

「心得ました」

半次は、十手を握り締めた。


半次は、時雨の岡を下りて石神井用水に架かっている小橋を渡り、小さな家に近付いた。そして、小さな家の戸口に進み、戸を小さく叩いた。

小さな家の中から返事はなかった。

片岡静馬と佳乃は家の中で息を潜めて、戸を叩く者が立ち去るのを待っているのだ。

半次は、吐息を洩らして戸口から離れ、小さな家の裏に進んだ。

浪人と風車売りが物陰から現れ、半次を追った。

半次は振り返った。

浪人と風車売りが近付いて来た。

「やあ……」

半次は苦笑した。

「此の家に何の用だ……」

浪人は、半次を見据えた。

「何だい。お前さんたちは……」

「煩《うるさ》い。訊かれた事に答えろ」

浪人は、刀の柄を握り締めた。

「やる気かい……」

半次は、懐から十手を出して構えた。

浪人と風車売りは怯んだ。

「旗本の黒崎家家中の者だな」

半兵衛が、浪人と風車売りの背後に現れた。

「おのれ……」

浪人は、半兵衛に斬り付けた。

半兵衛は、素早く踏み込んで刀を躱し、十手を鋭く振るった。

十手は、浪人の首の付け根を打ち据えた。

浪人は刀を落とし、気を失って倒れた。

風車売りは、身を翻して逃げた。

「待ちやがれ……」

半次は、風車売りに飛び掛かって十手で殴り付けた。

風車売りは倒れた。

半次は、倒れた風車売りを蹴り飛ばし、馬乗りになって捕り縄を打った。

半兵衛と半次は、浪人と風車売りを捕らえた。

「さっき立ち去った浪人は、黒崎家の討手に報せに行ったのだな」

半兵衛は、風車売りに尋ねた。

「ああ……」

風車売りは頷いた。

「よし。お前たちは此迄だ」

半兵衛は笑った。

黒崎屋敷に浪人がやって来た。

浪人は、黒崎屋敷の表門脇の潜り戸から屋敷内に入って行った。

音次郎は、物陰から見守った。

僅かな刻が過ぎた。

黒崎屋敷の潜り戸が開いた。

加納彦四郎が二人の家来や浪人と潜り戸から現れ、神田八ツ小路に急いだ。

討手の加納彦四郎が動く……。

音次郎は、物陰を出て加納彦四郎たちを追った。

半兵衛と半次は、捕らえた浪人と風車売りを谷中八軒町《はちけんちょう》の自身番に繋《つな》ぎ、石神井用水沿いの小さな家を訪れた。

半次は、小さな家の戸を静かに叩いた。

小さな家の中に人の声は聞こえないが、微かな物音がした。

「旦那……」

半次は、半兵衛を振り返った。

「うん……」

半兵衛は、戸口の前に進み出た。

「私は北町奉行所臨時廻り同心の白縫半兵衛だ。片岡静馬、佳乃の父親の京丸屋の儀兵衛も心配している。それに、此処が黒崎家の者共に知られた。討手の加納彦四郎たちがやって来るのは間違いない。いつ迄も逃げ廻り、此の家に隠れている訳には参らぬ……」

半兵衛は、小さな家の中に告げた。

小さな家の中で物音がした。

「静馬、佳乃の幸せを願うおぬしに今出来る事は、一刻も早く黒崎家と決着をつけ、新しい暮らしを始める事だ。違うか……」

半兵衛は告げた。

戸の向こうに人の気配がした。

「旦那……」

半次が目配せをした。

「うむ……」

半兵衛は頷いた。

「北町奉行所の白縫半兵衛さま……」

小さな家の中から片岡静馬の声がした。

「うむ。岡っ引の本湊の半次と一緒だ。黒崎家の二人の見張りは既に捕らえた

「……」

半兵衛は告げた。

戸が開き、若い武士が緊張した顔を見せた。

「やあ。片岡静馬だね……」

半兵衛は笑い掛けた。

「はい……」

静馬は頷いた。

「邪魔するよ」

半兵衛は、素早く戸口から家の中に入った。

半次が続いて入って戸を閉め、隙間から外を見張った。


小さな家の中は薄暗く、微かに黴臭《かびくさ》さが漂っていた。

半兵衛は、狭い家の中を見廻した。

座敷の隅には、静馬が若い女を庇《かば》っていた。

「京丸屋の佳乃だね……」

半兵衛は笑い掛けた。

「はい……」

　佳乃は頷いた。

「儀兵衛が心配しているよ」

「お父っつあんが……」

　佳乃は眉をひそめた。

「ああ。早く顔を見せてやるんだな……」

「は、はい……」

　佳乃は涙ぐんだ。

「うむ。して、静馬。佳乃のお父っつあん、京丸屋の儀兵衛どのに届けた手紙には、何と書いたのだ」

「はい。佳乃を連れて江戸から逃げると……」

「それで良いのかな……」

　半兵衛は眉をひそめた。

「白縫さま……」

「うむ。静馬、逃げ廻っていても埒《らち》は明《あ》かぬ。此の騒ぎ、もう逃げ隠れせず、そろそろ決着をつける覚悟を決める時だ」

半兵衛は告げた。

「はい……」

静馬は項垂《うなだ》れた。

「及ばずながら私も助太刀《すけだち》するよ」

半兵衛は笑った。

「白縫さま……」

静馬は、深々と頭を下げた。

佳乃も続いて頭を下げて嗚咽《おえつ》を洩らした。

「今時、お家の御法度で手討ちだなどと……」

半兵衛は、冷ややかな笑みを浮かべた。


加納彦四郎は、黒崎家の二人の家来と浪人と共に谷中天王寺の前を通り抜け、芋坂を下った。

音次郎は慎重に尾行た。

行き先は根岸の里か……。

音次郎は、加納彦四郎たちの行き先を読んだ。

早く行き先を見定め、半兵衛の旦那や親分に報せなきゃあ……。

音次郎は、焦りを覚えながら加納たちを追って芋坂を下った。


石神井用水の流れは煌めいた。

加納彦四郎と二人の武士は、浪人に誘《いざな》われて石神井用水沿いの小径を進んだ。

小さな家が見えてきた。

浪人は立ち止まった。

「あの家です……」

浪人は、小さな家を指差した。

「あの家に片岡静馬と佳乃が潜んでいるのか……」

加納は、小さな嘲りを浮かべた。

「おそらく。田中《たなか》と風車売りの弥吉《やきち》が見張っています」

浪人は、小さな家に向かった。

加納彦四郎と二人の家来は、浪人に続いた。

音次郎は、緊張しながら尾行た。

生垣に囲まれた小さな家は、縁側の雨戸を開け放していた。

庭先にいた半次は、石神井用水沿いの小径を眺め、小さな家の座敷に呼び掛けた。

「旦那……」

「うむ。来たか……」

半兵衛は、片岡静馬を伴って座敷から広い縁側に出て来た。

「はい……」

半次は、石神井用水沿いの小径を来る加納彦四郎たちを示した。

「うむ。討手の加納彦四郎だ……」

半兵衛は眉をひそめた。

「はい。加納彦四郎は黒崎釆女正さまや家中の者たちに剣術指南に来ている甲源《こうげん》一刀流《いっとうりゅう》の剣客です」

静馬は告げた。

「ならば、加納彦四郎は黒崎家の家来ではないのか……」

半兵衛は尋ねた。

「はい。浪人です」

静馬は頷いた。

「そうか、浪人か……」

「旦那……」

半次は、半兵衛を窺った。

「うん……」

半兵衛は、不敵な笑みを浮かべた。

浪人は戸惑った。

小さな家は縁側の雨戸を開け、庭に町方の男がいるのが見えた。

「どうした……」

加納彦四郎は、浪人に尋ねた。

「いえ。雨戸が開いていて。それに見張りの二人が……」

浪人は、戸惑った面持ちで辺りを見廻した。

「いないのか……」

加納彦四郎は眉をひそめた。

「ええ。どうしたのか……」

浪人は困惑した。

「ま、良い。とにかくあの家に行ってみよう」

加納彦四郎は、小さな家に進んだ。

浪人と黒崎家の二人の家来が続いた。

音次郎が追って現れ、小さな家の庭にいる町方の男に気が付いた。

「あっ……」

音次郎は戸惑い、小さな家の庭にいる町方の男を見詰めた。

加納彦四郎は、黒崎家の二人の家来と浪人を従えて小さな家にやって来た。

「付かぬ事を尋ねるが、その方、此の家の者かな」

加納は、生垣の向こうの庭にいる半次に尋ねた。

「いいえ。あっしは本湊の半次って岡っ引ですが……」

半次は笑った。

「岡っ引だと……」

加納は、戸惑いを浮かべた。

「ええ。で、お武家さんは加納彦四郎さんですね……」

半次は、加納を見詰めた。

「何……」

加納は、岡っ引が自分を知っているのに眉をひそめた。

「やあ。待っていましたよ」

半兵衛が、片岡静馬を伴って小さな家の広い縁側に出て来た。

「片岡静馬……」

加納彦四郎と黒崎家の二人の家来は、生垣の木戸から庭に踏み込んだ。

「片岡静馬、上意討だ……」

加納彦四郎は、片岡静馬を鋭く見据えた。

静馬は、覚悟を決めて必死に加納を見返した。

「おぬしが、黒崎采女正さまに金で雇われて討手になった浪人の加納彦四郎さんか……」

半兵衛は笑い掛けた。

「おぬしは……」

「私は北町奉行所臨時廻り同心の白縫半兵衛……」

半兵衛は名乗った。

「此は旗本黒崎家の上意討、町奉行所の不浄役人にとやかく云われる謂《いわ》れはない」

加納は、半兵衛を睨んだ。

「果たしてそうかな……」

半兵衛は苦笑した。

「何……」

「浪人のお前さんが、黒崎家を逐電して浪人になった片岡静馬と斬り合えば、その始末は支配の町奉行所の仕事……」

「黙れ。此は旗本黒崎家の上意討。我ら黒崎家家中の者が見届ける」

黒崎家の二人の家来が怒鳴った。

「ならば、旗本黒崎家は浪人同士の私闘に拘わるのですな」

半兵衛は、二人の家来に笑い掛けた。

「何……」

二人の家来は眉をひそめた。

「となれば、お目付を通して評定所《ひょうじょうしょ》に事の次第を届け、何もかも御公儀の知る処となるが、それで良いのだな」

半兵衛は苦笑した。

それは、黒崎采女正が奥女中の佳乃に懸想《けそう》して袖《そで》にされたのを怒り、許嫁《いいなずけ》の片岡静馬と佳乃を上意討するように命じたのが公儀に知れる事となるのだ。

公儀に知れれば、黒崎采女正はどのような誹《そし》りや咎《とが》めを受けるか分かりはしない。

「お、おのれ……」

二人の家来は怯んだ。

「それでも未だ上意討と称して片岡静馬と佳乃を斬ると云うなら、私が相手をするが……」

半兵衛は、縁側から庭に下りた。

二人の家来と浪人は後退りした。

加納は、刀の柄を握って身構えた。

半兵衛は、加納との間合いを静かに詰めた。

半次、音次郎、片岡静馬は、息を詰めて見守った。

加納は、刀を抜いて構えた。

半兵衛は、構わず踏み込んで間合いを詰めた。

緊張が漲《みなぎ》り、石神井用水のせせらぎの音だけが響いた。
半兵衛は、間合いを詰めた。
水鶏の鳴き声が甲高く上がった。
刹那《せつな》、加納は半兵衛に鋭く斬り付けた。
半兵衛は地を蹴り、抜き打ちの一刀を放ちながら加納の傍を跳び抜けた。
刀の煌めきが走った。
半兵衛と加納は交錯し、残心《ざんしん》の構えを取った。
半次、音次郎、静馬、二人の家来と浪人は、眼を瞠《みは》った。
加納の右手から刀が落ちた。
だらりと垂れ下がった右腕には血が流れ、右手の指先から滴《したた》り落ちた。
加納は顔を歪《ゆが》め、垂れ下がった右腕を押さえて片膝を突いた。
半兵衛は、残心の構えを解いて刀を一振りした。
刀の鋒《きっさき》から血が飛んだ。
半兵衛は、静かに刀を鞘《さや》に納めた。
「上意討騒ぎは此迄だ。黒崎家の方々はそう釆女正さまにお伝えするが良い」
半兵衛は、二人の家来を見据えた。

二人の家来は、喉を鳴らして頷いた。

「ならば、一刻も早く加納彦四郎を医者に連れて行くのだな。遅くなれば、右腕を失う事になる」

半兵衛は告げた。

二人の家来と浪人は、右腕を押さえて蹲っている加納を助けて立ち去った。

半兵衛は見送った。

「半兵衛の旦那、親分……」

音次郎が、庭に駆け込んで来た。

「おう。御苦労さん……」

半兵衛は、音次郎を労った。

「白縫さま……」

静馬と奥から出て来た佳乃は、安堵を滲ませて縁側に座った。

「いろいろと忝うございました」

静馬と佳乃は、半兵衛に深々と頭を下げた。

「なあに、礼には及ばない……」

半兵衛は微笑んだ。

根岸の里には石神井用水の流れが煌めき、小鳥の囀《さえず》りが長閑に飛び交っていた。

半兵衛は、片岡静馬と佳乃を父親である呉服屋『京丸屋』儀兵衛に預け、半次と音次郎に警戒させた。

「御苦労だったな。半兵衛……」

吟味方与力の大久保忠左衛門は、半兵衛の報せを受けて労った。

「して、黒崎家用人の北原宗十郎から報せがあってな。黒崎采女正、片岡静馬と佳乃の上意討を諦めたそうだ」

忠左衛門は、筋張った細い首を伸ばして目尻の皺《しわ》を深くした。

「そいつは良かった」

半兵衛は笑った。

「うむ。愚かな主を持った家来も辛《つら》いものだな……」

忠左衛門は、細い首の喉仏を上下させて黒崎家家中の者たちに同情した。

「ええ……」

半兵衛は頷いた。

旗本黒崎采女正は、上意討の真相を公儀に知られるのを恐れ、用人北原宗十郎の諫言《かんげん》を受け入れて身を慎《つつし》んだ。

上意討の討手である浪人加納彦四郎は、半兵衛に斬られた右腕を失わずに済んだが、自由に動かせなくなった。

浪人となった片岡静馬は、佳乃と祝言《しゅうげん》を上げて岳父《がくふ》儀兵衛の弟が呉服屋を営《いとな》んでいる京に旅立った。

上意討騒ぎは終わった。

「此で良いんですか、あの馬鹿殿さま、熱《ほとぼり》が冷めれば、又騒ぎを起こしますよ」

音次郎は、腹立たし気に告げた。

「ああ。半兵衛の旦那、あっしも音次郎の云う通りだと思いますよ」

半次と音次郎は、黒崎采女正を信用していなかった。

「うむ。ならば半次、音次郎。黒崎采女正の愚かさを世間にそれとなく言い触らすんだな」

「えっ。良いんですかい……」

音次郎は戸惑った。

「うん。世の中には私たちが知らん顔をした方が良い噂《うわさ》もあるからね」

半兵衛は苦笑した。

第四話　大盗賊

一

京橋の献残屋《けんざんや》『秀宝堂《しゅうほうどう》』は大戸を閉め、夜の静寂《しじま》に沈んでいた。

盗人《ぬすっと》の隙間風《すきまかぜ》の五郎八《ごろはち》は、献残屋『秀宝堂』の板塀の傍に置かれている天水桶《てんすいおけ》の陰に潜《ひそ》み、押し込む頃合いを見計らっていた。

拍子木《ひょうしぎ》の音が近付いて来た。

木戸番の夜廻りだ……。

五郎八は、天水桶の陰に身を潜め、夜廻りの木戸番が通り過ぎるのを待った。

木戸番は、拍子木を打ち鳴らしながら天水桶の前を通り過ぎて行った。

五郎八は見送り、天水桶の上に身軽に上がって板塀を乗り越え、献残屋『秀宝堂』の横手の庭に忍び込んだ。

献残屋『秀宝堂』の金蔵は、店と母屋《おもや》の間にあった。

五郎八は、店と母屋を繋《つな》ぐ廊下の雨戸を抉《こ》じ開《あ》けて忍び込んだ。

主の富五郎《とみごろう》とその家族は母屋、奉公人たちは店の二階と台所脇の部屋で眠りに就《つ》いていた。

盗人隙間風の五郎八は、金蔵の錠前《じようまえ》を開けて重い戸を僅《わず》かに開け、素早く忍び込んだ。

献残屋『秀宝堂』は、眠り込んだままだった。

廻り髪結の房吉は、半兵衛の月代《さかやき》を剃《そ》り始めた。

半兵衛は、月代を剃られる心地《ここち》好《よ》さに眼を瞑《つむ》った。

「旦那、京橋の献残屋秀宝堂に押し込んだ盗賊、未だ何処《どこ》の誰か分からないんですか……」

房吉は、半兵衛の月代を剃りながら尋ねた。

「らしいね。房吉、秀宝堂の押し込みは私の扱いじゃあなくてね……」

「そうなんですか……」

「ああ。世間じゃあ何て云っているんだい」

半兵衛は、逆に尋ねた。

「いつの間にか押し込んで千両もの大金と預かり物の旗本の家宝を奪って消えた。きっと名のある大盗賊の仕業《しわざ》だと……」

房吉は、日髪日剃の手を止めなかった。

「名のある大盗賊か……」

半兵衛は苦笑した。

「はい。千両となるとかなりの重さ。そいつをあっと云《い》う間に奪うとなると、盗賊一味は四、五人ですかね」

房吉は、半兵衛の髪に櫛《くし》を入れ始めながら読んだ。

「そうだねえ……」

半兵衛は、髪を引かれて小さく仰《の》け反《ぞ》りながら頷《うなず》いた。

房吉は、手際良く日髪日剃を続けた。

「大盗賊ねえ……」

半兵衛は、心地好さそうに呟《つぶや》いた。

月番《つきばん》の北町奉行所は、朝から多くの人が出入りしていた。

半兵衛は、半次と音次郎を表門脇の腰掛に待たせて同心詰所に入った。

「おはよう。風間《かざま》はいるかな」

半兵衛は、当番同心に訊いた。

「おはようございます。風間さんなら奥にいますよ」

当番同心は、同心詰所の奥を示した。

「そうか……」

半兵衛は、奥にいる定町廻《じょうまちまわ》り同心の風間鉄之助《てつのすけ》の許《もと》に行った。

風間は、奥で報告書を書いていた。

「おう、風間……」

「こりゃあ、半兵衛さん。おはようございます」

風間は、報告書を書く筆を止めた。

「風間、京橋の献残屋秀宝堂の押し込み、お前の扱いだったね」

「は、はい……」

「して、押し込んだのは何処の盗人だ……」

「そいつが未だ……」

風間は眉をひそめた。

「分からないのか……」

「はい」

「で、奪われたのは千両と預かり物の旗本の家宝ってのは、間違いないのだな」

「ええ。秀宝堂の主の富五郎がそう云っていますから……」

「そうか。預かり物の旗本の家宝ってのは何だい……」

「そいつが何でも、織部《おりべ》の金継《きんつ》ぎ茶碗だそうですよ」

「織部の金継ぎの茶碗ねえ……」

〝織部〟とは、信長《のぶなが》、秀吉《ひでよし》、家康《いえやす》に仕えた武将の古田重然《ふるたしげなり》（織部）で、千利休《せんのりきゅう》の弟子の茶の名人でもあり、好みで作らせた美濃焼《みのやき》は織部焼と称され、高値で取引きされていた。

「ええ……」

「その茶碗と千両となると、世間の噂《うわさ》通り、押し込んだのは四、五人。そいつも誰にも気が付かれず忍び込み、あっと云う間に盗み去ったか……」

「はい。きっと名のある盗賊ですよ」

風間は、うんざりした面持ちで告げた。

「名のある大盗賊か……」

半兵衛は苦笑した。

「親分……」

音次郎は、表門の外に盗人の隙間風の五郎八がいるのに気が付いた。

「何だ……」

「隙間風の父っつあんです」

音次郎は五郎八を示した。

半次は、表門の外を行ったり来たりしながら中を窺っている五郎八に気が付いた。

「半兵衛の旦那を捜しているんですかね……」

音次郎は読んだ。

「きっとな……」

半次は笑った。

「どうします」

「よし。俺が声を掛けて来る」

半次は、腰掛から立った。

隙間風の五郎八は、北町奉行所に出入りする人たちの中に半兵衛を捜した。

「やあ。隙間風の五郎八……」

半次は、五郎八に背後から声を掛けた。

「えっ……」

五郎八は驚き、弾かれたように逃げようとした。

半次は、素早く五郎八の腕を摑んだ。

「逃げるんじゃあねえ。父っつあん……」

半次は告げた。

「何だい、半次の親分か……」

五郎八は、声をかけたのが半次だと気が付き、強張《こわば》った顔に安堵《あんど》を浮かべた。

「逃げるのは、相手を見てからだぜ」

半次は苦笑した。

「習《なら》い性《しょう》の悪い癖でしてね」

五郎八は笑った。

「で、半兵衛の旦那に用かい……」

「おいでですかい……」

「ああ……」

半次は頷いた。

半兵衛が同心詰所から出て来た。

「旦那……」

音次郎が駆け寄った。

「おお、待たせたね。半次は……」

「隙間風の父っつあんが来ていましてね……」

音次郎は報せた。

「隙間風が……」

半兵衛は眉をひそめた。

一石橋《いちこくばし》は外濠に繋がる日本橋川《にほんばしがわ》に架かっている。

半兵衛は、半次、音次郎、五郎八と呉服橋《ごふくばし》を渡り、一石橋の袂《たもと》にある蕎麦屋に入った。

「さあて、五郎八。私に用ってのは、ひょっとしたら京橋の献残屋、秀宝堂の押し込みの事かな……」

半兵衛は、茶を啜《すす》りながら尋ねた。

「えっ、ええ……」

五郎八は、戸惑った面持ちで頷いた。

「父っつあん、押し込んだ盗賊、知っているのか……」

半次は読んだ。

「う、うん。まあな……」

五郎八は頷いた。

「何処の、何て盗賊共だ……」

半次は、五郎八を見据えた。

「そいつは……」

五郎八は、迷い躊躇《ためら》った。

「千両と預かり物のお宝をあっと云う間に盗んでいった盗賊、名のある大盗賊だって噂だけど、誰ですかい……」

音次郎は身を乗り出した。

「半兵衛の旦那、秀宝堂の主の富五郎は、いろいろ悪い噂のある野郎でしてね。献残屋の裏で高利貸《こうりがし》や骨董品《こっとうひん》の売り買いをして、あくどく儲《もう》けているんですぜ」

五郎八は、額《ひたい》に汗を滲《にじ》ませて献残屋『秀宝堂』富五郎の悪辣《あくらつ》さを話した。

「それで、押し込んだのかい……」

半兵衛は苦笑した。

「はい……」

五郎八は頷いた。

「えっ……」

半次と音次郎は戸惑った。

「半次、音次郎。秀宝堂に押し込んだ名のある大盗賊は、隙間風の五郎八なんだよ」

半兵衛は笑った。

「そ、そんな。父っつあんは一人働きの年寄り、千両もの大金を担いであっという間に逃げるのは、とても無理……」

音次郎は眉をひそめた。

「その通りだ」

半兵衛は頷いた。

「そうか。五郎八の父っつあん、千両も盗んじゃあいないのか……」

半次は気が付いた。

「そうなんですぜ、半次の親分……」

五郎八は、腹立たし気に頷いた。

「ならば五郎八、幾ら盗んだのだ」

半兵衛は尋ねた。

「分相応《ぶんそうおう》に切《き》り餅《もち》二つ、五十両ぽっきりです」

一人働きの隙間風の五郎八は、押し込んだ金蔵に幾ら小判があっても決めた額の金しか奪わない盗人だった。

それは、半兵衛、半次、音次郎も良く知っている事だった。

「五十両か。して、預かり物の旗本のお宝はどうした」

「そんな物、知りませんよ」

五郎八は首を捻《ひね》った。

「やはりな……」

半兵衛は頷いた。

「じゃあ、残りの九百五十両と預かり物の旗本のお宝ってのは……」

半次は眉をひそめた。

「半次の親分、あっしは盗んじゃあおりませんよ……」

「じゃあ、五郎八の父っつぁんが押し込んだ後に他の盗人共が……」

音次郎は読んだ。

「音次郎、そいつはないな……」

半兵衛は笑った。

「旦那、じゃあ……」

「うむ。五郎八に五十両を奪われただけなのに、千両と預かり物の旗本のお宝を盗まれたと北町奉行所に届けを出したのは、秀宝堂富五郎……」

半兵衛は読んだ。

「富五郎が嘘《うそ》の届け出を……」

半次は睨《にら》んだ。

「きっとな……」

半兵衛は頷いた。

「そうなんです。あっしは五十両戴いただけなのに、千両とお宝を盗んだ盗賊にしやがって、冗談じゃあねえ」

五郎八は、悔《くや》しさを露《あら》わにした。

「五郎八、五十両でも千両でも盗んだ事に変わりはない……」

半兵衛は、五郎八を厳しく見据えた。

「へ、へい。申し訳ありません……」

五郎八は、項垂《うなだ》れて身を縮《ちぢ》めた。

「ですが旦那、秀宝堂の富五郎、どうしてそんな真似をしたんですかね」

半次は首を捻った。

「半次、分からないのはそこだ。おそらく五郎八の云っている富五郎が献残屋の裏でやっている事に拘《かか》わりがあるのかもな……」

半兵衛は読んだ。

「高利貸に骨董の売り買いですか……」

「うん。その辺りに何かがあるのかもしれないな」

半兵衛は頷いた。

「半兵衛の旦那、秀宝堂の富五郎の野郎、あっしの押し込みを利用して何か悪事を企《たくら》んでいるんです。そいつを暴《あば》いて下さい。此《こ》の通り、お願いします」

五郎八は、半兵衛に手を突いて頼んだ。

「良く分かった、五郎八。出来るだけの事はしてみるよ」

半兵衛は笑った。

京橋は日本橋の南にあり、傍《かたわ》らの大根河岸《だいこんがし》には様々な野菜を積んだ荷船が来ていた。

献残屋『秀宝堂』は、京橋の北詰にあった。

「あそこですぜ……」

五郎八は、半兵衛、半次、音次郎に暖簾《のれん》を揺らしている献残屋『秀宝堂』を示した。

「うん。先《ま》ずは秀宝堂の旦那富五郎の人柄と評判。それに、高利貸や骨董品の売り買いでの所業《しょぎょう》だな」

半兵衛は、献残屋『秀宝堂』を眺《なが》めた。

「ええ。その辺から探ってみますか……」

半次は頷いた。

「うん。私は盗賊が盗んでいった預かり物のお宝、織部の金継ぎ茶碗、何処《どこ》の旗本から預かった物なのか調べてみるよ」

半兵衛は告げた。

「旦那、親分……」

音次郎は、献残屋『秀宝堂』を示した。

献残屋『秀宝堂』から羽織を着た肥《ふと》った初老の旦那が、番頭たち奉公人と一緒に出て来た。

「じゃあ番頭さん、後を頼みましたよ」

肥った初老の旦那は、番頭に笑い掛けた。

「はい。お気を付けて……」

「じゃあ……」

肥った初老の旦那は、手代を従えて京橋に向かった。

「あの肥った年寄りが富五郎ですぜ」

五郎八は告げた。

「そうか。あの肥ったのが秀宝堂富五郎か……」

半兵衛は頷いた。

「はい……」

五郎八は頷いた。

「じゃあ、旦那。ちょいと追ってみます」

半次は、半兵衛に告げた。

「半次の親分、お供しますぜ」

五郎八が意気込んだ。

「旦那……」

半次は、半兵衛を窺った。

「良いだろう。その代わり、半次の云う通りにするんだぞ」

半兵衛は笑った。

「そいつはもう、半次の親分の云う通りに……」

五郎八は頷いた。

「じゃあ、行くよ。五郎八の父っつあん……」

「合点だ」

五郎八は、半次に続いた。

半次と五郎八は、京橋を南に渡って行く富五郎を追った。

「じゃあ音次郎。富五郎の人柄と秀宝堂の評判をな……」

半兵衛は命じた。


京橋を渡った献残屋『秀宝堂』富五郎は、手代を従えて通りを南に進んだ。

半次と五郎八は尾行《つけ》た。

五郎八は、盗人だけあって人を尾行るのに慣れていた。

半次は苦笑した。

富五郎と手代は、通りを南に進んで芝口橋《しばぐちばし》を渡った。

半次と五郎八は追った。

富五郎と手代は、外濠沿いを幸橋御門《さいわいばしごもん》前の久保丁原《くぼちようがわら》に向かった。

「富五郎の野郎、愛宕下《あたごした》の大名屋敷に行くのかもしれねえ……」

五郎八は読んだ。


半兵衛は、北町奉行所に戻って事件を扱っている風間鉄之助を捜した。だが、風間鉄之助は出掛けていた。

仕方がない……。

半兵衛は、当番同心に頼んで献残屋『秀宝堂』の被害届を見せて貰った。

「盗まれた物は、金千両と旗本榊原伊織《さかきばらいおり》さまから預かっていた織部の金継ぎ茶碗か……」

半兵衛は、盗賊に奪われたと云う預かり物の茶碗が旗本榊原伊織の物だと知った。

榊原伊織は三百石取りの旗本であり、赤坂一ツ木丁《あかさかひとつぎちょう》に屋敷を構えていた。

旗本の榊原伊織は、献残屋『秀宝堂』富五郎とどのような拘わりがあるのだ。

よし……。

半兵衛は、旗本榊原伊織を調べてみる事にした。

二

愛宕下大名小路には大名屋敷が甍《いらか》を連《つら》ね、静けさに満ちていた。

献残屋『秀宝堂』富五郎は、手代を従えて或《あ》る大名家江戸上屋敷を訪れた。

半次と五郎八は見届けた。

「さあて、何処の大名の屋敷かな……」

半次は、富五郎の入った大名屋敷を調べる手立てを探した。

「あの屋敷は、出羽《でわ》国長瀞《ながとろ》藩の江戸上屋敷ですぜ」

五郎八は知っていた。

「出羽の長瀞藩……」

「ええ。米津伊勢守《よねきついせのかみ》さまの御屋敷ですぜ」

「良く知っているな……」

「そりゃあ、もう……」

五郎八は、意味ありげな笑みを浮かべた。

「じゃあ、富五郎、献残品でも買い付けに来たのかな……」

半次は読んだ。

「きっと……」

五郎八は頷いた。

「よし。暫《しばら》く見張るか……」

半次は辺りを見廻し、見張り場所を探した。

大名小路に人通りはなく、路地に佇《たたず》んで見張るには適さない処《ところ》だ。

「見張り場所ですか……」

「ああ……」

長瀞藩江戸上屋敷の前には、陸奥《むつ》国仙台《せんだい》藩江戸中屋敷があった。

「ちょいとお待ちを……」

五郎八は、仙台藩江戸中屋敷に行き、表門脇の潜り戸を叩いた。そして、顔を出した中間《ちゅうげん》に何事かを話し掛けながら小粒《こつぶ》を握らせた。

中間は頷いた。

五郎八は、半次の許に駆け戻って来た。

「親分、仙台藩の中屋敷の門番所から見張れますよ」

五郎八は笑った。

流石《さすが》は年季の入った盗人だ。

やる事に抜かりはない……。

半次は苦笑し、五郎八と共に仙台藩江戸中屋敷に潜み、長瀞藩江戸上屋敷から『秀宝堂』富五郎と手代が出て来るのを見張る事にした。

献残屋『秀宝堂』富五郎は、商売上手の遣り手《やりて》だが、怜悧《れいり》で酷薄《こくはく》な人柄だと専《もっぱ》らの評判だった。

そして、裏では高利貸の他に骨董品の売り買いをしていた。

骨董品の売り買いでは、貸した金の形《かた》に名のある骨董品を取り、高値で売《う》り捌《さば》いて大儲けをしているとの評判だった。

何《いず》れにしろ、献残屋『秀宝堂』富五郎の評判は悪かった。

流石は、隙間風の五郎八が押し込むだけの事のある商人なのだ。

音次郎は苦笑した。


溜池《ためいけ》の水面《みなも》は煌《きら》めいた。

半兵衛は、溜池沿いの桐畑《きりばたけ》の通りを抜けて赤坂に向かった。そして、赤坂田《た》町《まち》五丁目の辻を西に曲がり、赤坂一ツ木丁に進んだ。

赤坂一ツ木丁の北側には赤坂新町《しんまち》の町家が並び、南側には旗本屋敷が連なっていた。


半兵衛は、赤坂新町の木戸番を訪れた。

赤坂新町の老木戸番は、半兵衛に茶を差し出した。

「やあ。造作を掛けるね……」

「いえ。で、旦那、何か……」

「うん。赤坂新町の木戸番には拘《かか》わりないだろうが、此の界隈《かいわい》に榊原伊織って旗本の屋敷がある筈なんだが、知っているかな」

半兵衛は、茶を啜りながら尋ねた。

「ああ。献残屋に盗賊が押し込み、金と一緒に盗まれた預かり物の茶碗ですか……」

老木戸番は笑った。

「ああ。知っているのか……」

「はい。北の御番所の風間さまがお見えになりましてね……」

「そうか。風間が来たのか……」

半兵衛は、風間鉄之助もそれなりに探索を進めているのを知った。

「はい。お旗本の榊原伊織さまのお屋敷は何処だと……」

「うん。して、何処なんだい……」

「此の先の三《み》つ又《また》を左に曲がると赤坂中《なか》ノ丁《ちょう》の通りに出るのですが、その突き当りが榊原さまの御屋敷ですよ」

老木戸番は告げた。

「そうか。して、榊原伊織さま、どんな方なのか知っているかな」

「噂じゃあ、真面目な方だとか。先祖代々お家に伝わる家宝の茶碗を盗賊に盗まれ、秀宝堂に預けたのが失敗だったと悔やみ、怒っているそうですよ」

老木戸番は告げた。

「そうか……」

「そりゃあそうですよね。家代々の家宝、榊原さまがお気の毒ですよ」

老木戸番は、榊原伊織に同情した。

「そうだねえ……」

「ですが、秀宝堂の旦那は、悪いのは押し込みを働いた盗賊で、自分も千両も盗まれた被害者だと云《い》ったそうでしてね」

「ほう。開き直ったか……」

半兵衛は苦笑した。

「ま。そりゃあそうなんですがねえ……」

老木戸番は眉をひそめた。

「よし。じゃあ、榊原さんの屋敷に行ってみるか……」

半兵衛は、茶を飲み干した。

三百石取りの旗本、榊原伊織の屋敷は表門を閉じて静まり返っていた。

半兵衛は、榊原屋敷を眺めた。
榊原屋敷の潜り戸が開いた。
半兵衛は、素早く物陰に隠れた。
背の高い着流しの武士が、潜り戸から下男に見送られて出て来た。
榊原伊織……。
半兵衛は睨んだ。
「お気を付けて……」
「うむ……」
榊原伊織は、下男から渡された塗笠《ぬりがさ》を被《かぶ》り、溜池の方に向かった。
下男は見送り、屋敷に戻った。
よし……。
半兵衛は、榊原伊織を追った。
風が吹き抜け、溜池に小波《さざなみ》が走った。
榊原伊織は、溜池の桐畑の通りを東に向かった。
半兵衛は、充分な距離を取って尾行た。

榊原伊織は、牛久《うしく》藩江戸上屋敷の前を通り、溜池の馬場と佐賀《さが》藩江戸中屋敷の間を抜けて葵坂《あおいざか》から外濠沿いに進んだ。

何処に行くのだ……。

半兵衛は尾行た。

愛宕下大名小路の長瀞藩江戸上屋敷の潜り戸が開いた。

「親分……」

仙台藩江戸中屋敷の門番所の武者窓《むしゃまど》から見張っていた五郎八は、半次を呼んだ。

半次は、五郎八の傍に行って窓を覗いた。

潜り戸から献残屋『秀宝堂』富五郎が現れ、続いて風呂敷包みを背負った手代が出て来た。

富五郎と手代は、家来と中間に見送られて仙台藩江戸中屋敷横手の道に進んだ。

「よし。追うよ……」

半次は、門番所を出た。

「合点だ」

五郎八は続いた。

夕暮れ近くの大通りは、多くの人が忙しく行き交っていた。

富五郎と手代は、仙台藩江戸中屋敷の横手の道から大通りに進んだ。

半次と五郎八は尾行た。

「どうやら、献残品を買い取って来たようですね」

五郎八は読んだ。

「ああ……」

半次は頷いた。

富五郎は、大通りの宇田川町《うだがわちょう》に出て立ち止まった。そして、手代に何事かを云い付けて一人で大通りを神明町《しんめいちょう》に進んだ。

手代は、頭を下げて見送った。

「野郎、一人で何処に行くのかな……」

五郎八は、富五郎を見詰めた。

「そいつを見定めるよ」

半次は富五郎を追った。

五郎八は続いた。

富五郎は、小さな風呂敷包みを手にして神明町から浜松町《はままつちよう》に進んだ。

一人で何処に何しに行くのだ……。

半次は、微かな緊張を覚えた。


夕暮れが近付いた。

榊原伊織は、京橋の北詰から献残屋『秀宝堂』を眺めた。

献残屋『秀宝堂』は、奉公人たちが店を閉める仕度を始めていた。

榊原伊織は、献残屋『秀宝堂』富五郎に逢いに来たのか……。

半兵衛は見守った。

風呂敷包みを背負った手代が京橋を渡り、榊原伊織の傍を通って献残屋『秀宝堂』に足早に入って行った。

店仕舞《みせじま》いの時が近付いた。

榊原伊織は、献残屋『秀宝堂』に向かった。

半兵衛は、京橋を渡って榊原伊織に続いた。

「出掛けている……」

榊原伊織は眉をひそめた。

「はい。献残品の買い付けの後、人と逢《あ》うと仰《おつしや》って……」

番頭は、恐縮した面持ちで頭を下げた。

「そうか。出掛けているか。して、盗まれた私の茶碗に関して町奉行所の役人は何か申して来たか……」

榊原伊織は尋ねた。

「いいえ。それが何も云って来ないのです」

番頭は困惑を浮かべた。

「そうか……」

榊原伊織は肩を落とした。

半兵衛は、献残屋『秀宝堂』の戸口の傍で榊原伊織を見守った。

榊原伊織と番頭の遣り取りは、切れ切れに聞こえた。

〝出掛けている〟〝私の茶碗〟〝役人〟……。

半兵衛は、榊原伊織が預けていた茶碗の事で富五郎に逢いに来たと知った。

榊原伊織は、肩を落として献残屋『秀宝堂』から出て来た。

これからどうする……。

半兵衛は、榊原伊織を見守った。

夕暮れ時の京橋の通りは、仕事仕舞いをした人々が忙しく行き交っていた。


三縁山増上寺《さんえんざんぞうじょうじ》が暮六つ（午後六時）を報せる鐘の音を響かせた。

献残屋『秀宝堂』富五郎は、大門《だいもん》前の料理屋『花ノ家《はなのや》』の暖簾《のれん》を潜った。

半次と五郎八は見届けた。

「富五郎、誰かと逢うんですかね」

五郎八は読んだ。

「きっとな……」

半次は、眉をひそめた。

「見定めて来ますか……」

五郎八は、身を乗り出した。

「料理屋の客になるのか……」

「いえ。ちょいと、隙間風のように吹き抜けて来るだけですぜ」

五郎八は、楽しそうな笑みを浮かべた。

どうやら、盗人の技と手立てを遣《つか》うつもりなのだ。

半次は苦笑した。


料理屋『花ノ家』は、日暮れと共に忙しくなっていた。

「じゃあ……」

五郎八は、やって来た数人の旦那衆に紛《まぎ》れて料理屋『花ノ家』に入って行った。

半次は見送った。


料理屋『花ノ家』の土間は、数人の旦那衆と五郎八で賑わった。

「おう。秀宝堂の旦那、もうお見えかい……」

五郎八は、料理屋『花ノ家』の下足番《げそくばん》に気軽に声を掛けた。

「えっ。秀宝堂の旦那さまですか……」

下足番は、旦那衆の応対に忙しく、戸惑いを浮かべた。

「ああ。忙しい処を済まない。女将《おかみ》さんに訊いてみるよ」

五郎八は、草履《ぞうり》を素早く羽織の下に隠して軽い足取りで帳場に向かった。

仲居たちが旦那衆を迎えに出て来た。

料理屋『花ノ家』の廊下には、座敷に酒や料理を運ぶ仲居たちが忙しく行き交っていた。

五郎八が現れ、忙しく酒を運ぶ仲居に声を掛けた。

「ちょいと尋ねるが、秀宝堂の旦那の座敷は何処だったかな……」

「秀宝堂の旦那の座敷ですか……」

「ああ。厠《かわや》に来てね。迷ってしまったよ」

五郎八は苦笑した。

「此の先を曲がった処の椿《つばき》の間《ま》ですよ」

仲居は、云い残して酒を運んで行った。

「忙しい処、済まなかったね。此の先を曲がった処の椿の間ねえ……」

五郎八は、廊下を進んで右に曲がった。

椿の間があった。

五郎八は、廊下から庭に下りて縁の下に忍び込んだ。そして、縁の下沿いに椿の間の庭先に出た。

椿の間から富五郎と男の話し声が聞こえた。

五郎八は、縁の下から濡《ぬ》れ縁《えん》の下に進み、座敷を覗いた。

障子の開けられた座敷には、献残屋『秀宝堂』富五郎と中年の僧侶がいた。

坊主……。

富五郎は、中年の僧侶と逢っていた。

五郎八は見定めた。


半次は、料理屋『花ノ家』を見張り続けた。

五郎八が裏手から現れ、半次の許にやって来た。

「お待たせしました」

五郎八は笑った。

「富五郎、誰と逢っていた……」

半次は尋ねた。

「そいつが中年の坊主でね」

「中年の坊主……」

半次は眉をひそめた。

「ええ。おそらく増上寺の坊主。出て来たら後を尾行て素性《すじょう》を突き止めますぜ」

「よし……」

半次は頷いた。

料理屋『花ノ家』から三味線《しゃみせん》や太鼓《たいこ》の音が洩れて来ていた。

夜は更けた。

献残屋『秀宝堂』は大戸を閉め、通りを行き交う人も疎《まば》らになった。

榊原伊織は、『秀宝堂』の向かい側の店の軒下の暗がりに佇んでいた。

半兵衛は見守った。

榊原伊織は、いつ帰るか分からない富五郎を待ち続けているのだ。

半兵衛は、何故か微かな苛立《いらだ》ちを覚えた。

よし……。

半兵衛は、店の軒下に佇んでいる榊原伊織に近付いた。

「何をされている……」

半兵衛は、榊原伊織に厳しい眼を向けた。

「やあ。私は旗本の榊原伊織、怪しい者ではない。献残屋秀宝堂の主の富五郎の帰りを待っていましてな」

榊原伊織は苦笑した。

「私は北町奉行所臨時廻り同心の白縫半兵衛。どう云う事か、仔細《しさい》をお話し下さらぬか……」

「おお、北町奉行所の方ですか……」

榊原伊織は、半兵衛を見詰めた。


三縁山増上寺は表門を閉じていた。

富五郎と料理屋『花ノ家』で逢っていた中年の僧侶は、脇門から増上寺境内に入って行った。

「じゃあ、ちょいと行って来ますぜ」

五郎八は半次に笑い掛け、増上寺の土塀に駆け寄って闇に消えていった。

半次は、暗がりで五郎八が戻るのを待った。

中年の僧侶は、連なる宿坊に進んだ。

「此は浄慶《じょうけい》さま。お帰りなさいませ」

宿坊の戸口にいた若い坊主は、中年の僧侶を浄慶と呼んで迎えた。

「うむ。今、帰りましたよ」

僧侶の浄慶は、宿坊の一つに入った。

五郎八は、暗がりに潜んで富五郎と逢った僧侶が浄慶と云う名だと知った。

三縁山増上寺は静寂に覆《おお》われていた。

三

蕎麦屋は、夕食時も過ぎて僅かな客が酒を飲んでいた。

半兵衛は、榊原伊織と酒を酌《く》み交《か》わしながら事情を聞いた。

榊原伊織は、半兵衛が北町奉行所の同心だと知り、献残屋『秀宝堂』の盗賊押し込みで預けてあった榊原家の家宝、織部の金継ぎ茶碗を盗まれた事を告げた。

「そうでしたか、預かり物の織部の金継ぎ茶碗の持ち主でしたか……」

半兵衛は、初めて知った振りをした。

「はい。して、白縫どの。盗賊共の探索はどうなっているのですか……」

榊原は訊いた。

「私が聞いている限りでは、今の処、押し込みを働いた盗賊共の手掛かりは未だ浮かんでいないようです」

「そうですか……」

榊原は肩を落とした。

「それより、榊原どの、家代々の家宝の織部の金継ぎ茶碗、何故に秀宝堂の富五郎に預けていたのですか……」

半兵衛は尋ねた。

「それが、お恥ずかしい話なのですが、父の代から秀宝堂に借金がありましてね。家宝の織部の金継ぎ茶碗を貸してくれと頼まれ……」

榊原は眉をひそめた。

「断わり切れませんでしたか……」

半兵衛は読んだ。

「はい。貸して戴けなければ、貸した金を耳を揃《そろ》えて返して欲しいと云われましてね」

榊原は、悔し気に告げた。

「そう云う事でしたか……」

榊原家は、借金の形《かた》に家宝の織部の金継ぎ茶碗を取られていたようなものだった。

半兵衛は知った。

「はい。榊原家の家祖《かそ》、郡兵衛《ぐんべえ》が槍一筋の働きで古田織部さまから拝領した家宝、お恥ずかしい次第です……」

榊原は項垂れた。

「いえ……」

『秀宝堂』富五郎は、榊原家の家宝の織部の茶碗を盗まれた事にしたのは何故なのだ。

半兵衛は眉をひそめた。

ひょっとしたら、富五郎が盗賊に千両と預かり物の茶碗が盗まれた事にしたのは、榊原家の家宝の茶碗を自由にする為なのかもしれない。

半兵衛は読んだ。

「それで白縫どの。此の一件、どう云う事になるのでしょうか……」

「榊原どの、此の一件、北町奉行所が必ず始末して、家宝の織部の茶碗、取り戻しますよ」

半兵衛は微笑《ほほえ》んだ。

「白縫どの。何卒、宜しくお願いします」

榊原伊織は、半兵衛に頭を下げた。

「ま、飲みましょう」

半兵衛は、榊原に徳利《とっくり》を向けた。

「忝《かたじけな》い……」

榊原は、酒の満ちた猪口《ちょこ》を置き、徳利を取って半兵衛に酌をした。

囲炉裏の火は燃えた。

半兵衛が組屋敷に帰った時、台所で音次郎が野菜雑炊を作っていた。

「お帰りなさい」

「美味そうな匂いだな……」

「はい。腕に縒《より》を掛けました」

「そうか……」

半兵衛は笑った。

「はい……」

「して、富五郎と秀宝堂の評判、どうだった」

「それが富五郎、献残屋と云うより高利貸で、貸した金の形に骨董品などを押さえ、返せない時には押さえた骨董品を高く売り捌いて大儲けをしているって、専らの噂でしてね。評判は悪いですよ。どうぞ……」

音次郎は、椀に野菜雑炊を装《よそ》って半兵衛に差し出した。

「そうか。うん。頂くよ」

半兵衛と音次郎は、湯気のあがる野菜雑炊を食べ始めた。

「只今、戻りました」

半次が帰って来た。

「おう。お帰り……」

半兵衛は迎えた。

「親分、野菜雑炊、食べますか……」

「ああ。頂くよ」

半次は頷き、手足を洗って囲炉裏端に座った。

「して、半次。何か分かったか……」

「はい。富五郎、あれから愛宕下の大名小路にある出羽国長瀞藩の上屋敷に行きましてね」

「献残品の買い付けか……」

半兵衛は読んだ。

「はい。それから一人で増上寺門前の花ノ家って料理屋に行き、中年の僧侶に逢いましたよ」

「中年の僧侶……」

半兵衛は眉をひそめた。

「はい。それで、五郎八の父っつあんが忍び込み、増上寺の教智院《きようちいん》って宿坊の浄慶って坊主でした」

「富五郎、増上寺の坊主の浄慶と逢っていたのか……」

「はい。で、浄慶がどんな坊主か、五郎八の父っつあんが調べています」

半次は、音次郎に手渡された野菜雑炊を食べ始めた。

「そうか。五郎八がな……」

半兵衛は苦笑した。

「はい。で、半兵衛の旦那の方は……」

「うん。家代々の家宝の茶碗を富五郎に預けていた旗本の榊原伊織さんと逢ったよ」

「榊原伊織さまと……」

「うん……」

半兵衛は、榊原伊織から聞いた事を話し始めた。

囲炉裏に掛けられた野菜雑炊の鍋から、湯気が揺れながら立ち昇った。


朝。

北町奉行所同心詰所は、江戸市中の見廻りに行く前の忙しさに溢《あふ》れていた。

探索はどうなっているのか……。

半兵衛は、献残屋『秀宝堂』の押し込みを扱っている定町廻り同心の風間鉄之助を捜した。

風間鉄之助の姿はなかった。

探索に忙しいのか……。

半兵衛は、当番同心の許に行った。

「風間、もう出掛けたのかい……」

「いえ……」

当番同心は、見ていた書類から顔を上げた。

「あっ、半兵衛さん、大久保さまがお呼びですよ」

当番同心は、半兵衛に気が付いて慌てて告げた。

「大久保さまが……」

藪蛇《やぶへび》だった……。

半兵衛は、当番同心に迂闊《うかつ》に声を掛けたのを悔やんだ。


「お呼びですか……」

半兵衛は、吟味方与力の大久保忠左衛門の用部屋を訪れた。

用部屋では、風間鉄之助が忠左衛門の前で身を縮めていた。

「おう、半兵衛。入ってくれ」

忠左衛門は、半兵衛を招き入れた。

風間は、慌てて脇に控えた。

半兵衛は、風間を一瞥《いちべつ》して忠左衛門と向かい合った。

「半兵衛、献残屋秀宝堂押し込みの一件、風間の探索は一向《いっこう》に進まないのだ

忠左衛門は、筋張った細い首を伸ばして苛立ちを浮かべた。

「……」

風間は、身を縮めて俯《うつむ》いた。

「そうですか。して、風間。押し込んだ盗賊、何処の誰か浮かんだのか……」

半兵衛は訊いた。

「それが半兵衛さん、秀宝堂の主の富五郎は千両を盗まれたと云っていましてね。それなら少なくとも二、三人が押し込んだ筈なのですが……」

風間は首を捻った。

「違うのか……」

「ええ。押し込んだ経路や金蔵を見る限り、どうも盗賊は一人のようなんですよ」

風間は、困惑を浮かべた。

それなりの探索をしている……。

「それで、どうにも絞れなくて……」

「ならば、風間。お前の見立てが正しければ、富五郎が嘘を吐《つ》いている事になるな」

半兵衛は告げた。

「え、ええ……」

風間は、戸惑った面持ちで頷いた。

「よし。大久保さま、秀宝堂の押し込み、構わなければ、私が引き取りますが……」

半兵衛は、大久保に訊いた。

「おお、そうしてくれるか、半兵衛……」

忠左衛門は、筋張った細い首を伸ばして笑った。

「はい。良いかな、風間……」

風間にも同心としての意地と矜持《きょうじ》がある。

半兵衛は、風間に尋ねた。

「そりゃあもう。半兵衛さんが引き取ってくれるなら。宜しくお願いします」

風間は、嬉しそうに笑って頭を下げた。

正直な奴だ……。

半兵衛は苦笑した。

「よし。ならば半兵衛、秀宝堂押し込みの一件、宜しく頼んだぞ」

忠左衛門は、筋張った首を伸ばし、安堵に顔中の皺《しわ》を深くした。

「はい……」

半兵衛は頷いた。

三縁山増上寺は二代将軍秀忠《ひでただ》などが葬《ほうむ》られている徳川家の菩提寺《ぼだいじ》のひとつであり、境内には落ち着きと風格が漂っていた。

表門を入ると参道があり、左右に宿坊や学寮が数多くあった。

五郎八は、参道の片隅にある茶店で茶を啜っていた。

「おう。どうだ、父っつあん……」

半次が現れ、五郎八の隣に腰掛け、茶店娘に茶を頼んだ。

「こりゃあ、半次の親分……」

「浄慶、いるのかい……」

「ええ。あの教智院って宿坊に……」

五郎八は、茶店から見える宿坊の一つを示した」

「で、どんな坊主かわかったのかい……」

「ええ。浄慶、経や法話の上手い遣り手《やりて》の坊主だそうでしてね。増上寺の役僧《やくそう》の座を狙っているって話ですぜ」

五郎八は、修行僧や寺男などにそれとなく聞き込みを掛けていた。

「役僧の座を狙っているか……」

半次は眉をひそめた。

将軍家菩提寺である増上寺の役僧となると、その権威と格式は高く、公儀の役人も憚《はばか》る程のものだった。

「おまちどおさまでした」

茶店娘が半次に茶を持って来た。

「おう……」

半次は茶を飲んだ。

「で、浄慶、秘かにいろいろ動いているらしいですよ」

五郎八は苦笑した。

「いろいろねえ……」

「偉い坊さんの使いっ走りに小間使い、酒の相手に太鼓持《たいこもち》、それに付け届け……」

五郎八は、いろいろを数え上げた。

「坊主の業界も世俗と変わりはないか……」

半次は苦笑した。

「ええ……」

五郎八は頷いた。

「で、浄慶がどうして秀宝堂の富五郎と逢っていたのか、分かるかな……」

「そいつは、付け届けの品物を買おうとしていたんじゃあないのかな」

五郎八は読んだ。

「付け届けの品物か……」

半次は、行き交う参拝客越しに宿坊の教智院を眺めた。


京橋の通りは賑わっていた。

献残屋『秀宝堂』には客が訪れていた。

音次郎は、斜向《はすむ》かいの路地に潜み、献残屋『秀宝堂』の主富五郎の動きを見張っていた。

「富五郎、いるのだな……」

半兵衛は、路地奥から音次郎の背後にやって来た。

「はい……」

音次郎は頷いた。

「よし、富五郎に逢って来るよ」

「えっ、良いんですか、此の一件は風間の旦那の……」

「音次郎、秀宝堂押し込みの一件、今日から私の扱いになったよ」

半兵衛は笑った。

「えっ……」

音次郎は戸惑った。

「じゃあ……」

半兵衛は、通りを横切って献残屋『秀宝堂』に向かった。

献残屋『秀宝堂』の店内には、大名旗本家が不要となった献上品を買い取り、贈答品に作り直した品々が並べられていた。

半兵衛は、座敷で主の富五郎と逢った。

「北の御番所の白縫半兵衛さまにございますか……」

富五郎は、半兵衛を見詰めて薄い笑みを浮かべた。

狡猾《こうかつ》な笑みだ……。

半兵衛は苦笑した。

「ああ……」

「で、御用とは……」

「うん、他でもない。押し込みの一件、風間鉄之助に代わって私が扱う事になってね」

「白縫さまが……」

富五郎は、戸惑いを浮かべた。

「ああ。そこでだ、富五郎。盗人に押し込まれ、金蔵を破られて盗まれたのは、千両と預かり物の茶碗だね」

「はい。左様にございます」

富五郎は、探るような眼で半兵衛を見ながら頷いた。

「間違いないね」

半兵衛は念を押した。

「はい……」

「本当にね……」

半兵衛は笑い掛けた。

「白縫さま……」

富五郎は、半兵衛を見詰めた。

「預かり物の茶碗、どんな物だったのかな」

「織部の金継ぎ茶碗です」

「やはり、古田織部の金継ぎ茶碗か……」

半兵衛は、意味ありげに笑った。

「えっ……」

富五郎は、微かな怯えを過《よ》ぎらせた。

「いや、邪魔したね」

半兵衛は、刀を手にして立ち上がった。


「どうでした……」

音次郎は、献残屋『秀宝堂』から出て来た半兵衛に尋ねた。

「強《したた》かな奴だよ」

半兵衛は苦笑した。

「そうですか……」

「だから、ちょいと餌《えさ》を撒《ま》いて来たよ」

半兵衛は笑った。

「餌ですか……」

音次郎は戸惑った。

「ああ。富五郎、食い付くかどうか……」

半兵衛は、笑みを浮かべて献残屋『秀宝堂』を見詰めた。

「旦那、半次の親分です……」

音次郎は、やって来た半次を示した。

「呼んで来な……」

「合点です」

音次郎は、路地を出て半次の許に急いだ。

「して、増上寺の浄慶、どんな坊主か分かったのか……」

半兵衛は尋ねた。

「ええ。五郎八の父っつあんがいろいろ調べましてね」

半次は苦笑した。

「はい。達者なもんですよ。で、浄慶ですが、増上寺の役僧の座を狙っていましてね。偉い坊さんにいろいろ付け届けをしているそうですよ」

「偉い坊さんに付け届けか……」

半兵衛は苦笑した。

「ええ。五郎八の父っつあんの睨みじゃあ、秀宝堂の富五郎と逢ったのは、その付け届けの品物を買おうってんじゃあないかと……」

半次は告げた。

「成《な》る程《ほど》、その辺かな……」

半兵衛は眉をひそめた。

「旦那、親分……」

音次郎が、路地の入口から呼んだ。

半兵衛と半次は、路地の奥から音次郎の傍に急いだ。

「富五郎が出掛けます。餌に食い付いたのかもしれませんね」

音次郎は、番頭たちに見送られて出掛けて行く富五郎を示した。

「ああ。追うよ……」

「五郎八が……」

半兵衛は路地を出た。

四

三縁山増上寺は静寂に満ちていた。

五郎八は、着物を脱いで裏に返した。

着物は無双《むそう》仕立てになっており、裏は黒に近い灰色になっていた。

五郎八は、裏に返した着物を着て尻を端折《はしょ》り、大勢いる寺の小者《こもの》を装《よそお》った。そして、坊主たち寺の者と信者たちの眼を盗み、宿坊の教智院に忍び込んだ。

宿坊の教智院は、坊主や修行僧たちは出掛けて静まり返っていた。

浄慶は出掛けてはいない……。

五郎八は草履を帯の腰に挟み、浄慶を捜して教智院の廊下を進んだ。

薄暗い廊下に連なる部屋に人気《ひとけ》はなかった。

五郎八は、薄暗い廊下を進んだ。

男たちの話し声が聞こえた。

五郎八は、足音を忍ばせて男たちの話し声がする座敷に向かった。

座敷は直《す》ぐに分かった。

五郎八は、男たちの話し声のする座敷の襖《ふすま》に張り付いた。

「で、それは幾らだと云うのですか……」

「百両だ……」

聞き覚えのある声だ。

浄慶だ……。

五郎八は、襖に耳を着けた。

「百両ですか……」

「うむ。秀宝堂富五郎、こっちの足元を見て吹っ掛けて来おった」

浄慶は、腹立たし気に告げた。

「おのれ。して、どう致しますか……」

「なあに、向こうも増上寺御用達《ごようたし》の金看板が欲しいのだ。その為には、私を役僧にするのが上策だと知っている」

浄慶の声には、狡猾さが含まれた。

「そうですか。で、手前は幾ら用意すれば宜しいので……」

「済まぬが五十両、都合して貰いたい」

浄慶は頼んだ。

「五十両……」

「うむ。天窓《てんそう》さまの茶道楽にも困ったものだ」

浄慶は苦笑した。

「心得《こころえ》ました。五十両ですな。直ぐに用意します。では……」

浄慶と話していた男が出て来る……。

五郎八は、素早く隣の誰もいない部屋に入り込んだ。

若い坊主が座敷から現れ、戸口に向かった。

五郎八は追った。

若い坊主は、教智院を出て正門を入った。

五郎八は、増上寺の小者を装って若い坊主を追った。

若い坊主は、増上寺の納所《なっしょ》に入って行った。

納所坊主か……。

五郎八は、若い坊主が増上寺の会計などの寺務を取り扱う納所坊主の一人だと知った。

浄慶は、己が増上寺の役僧になる為に納所坊主を仲間に引き入れ、寺の金を使い込んでいるのだ。

抜かりのねえ坊主だ……。

五郎八は苦笑した。

献残屋『秀宝堂』主の富五郎は、小さな風呂敷包みを手にして芝口橋を渡り、尚《なお》も通りを南に進んだ。

音次郎は尾行た。

半兵衛と半次は、音次郎の後ろ姿を追った。

「行き先は、どうやら増上寺のようだね」

半兵衛は読んだ。

「ええ。押し込みの扱いが旦那に代わった上に盗まれた織部の金継ぎ茶碗の事を云われ、不安になったんでしょうね」

半次は読んだ。

「うむ。して、増上寺の浄慶は、五郎八が見張っているんだな」

半兵衛は尋ねた。

「はい……」

半兵衛と半次は、富五郎を尾行て宇田川町から神明町に進む音次郎を追った。

富五郎は、浜松町の通りを西に曲がり、増上寺の大門に進んだ。

音次郎は尾行た。

富五郎は、大門を通って増上寺に入った。

音次郎は続いた。

富五郎は、小さな風呂敷包みを持って宿坊の連なりに進み、教智院の戸口から奥に声を掛けた。

「御免下さい。御免下さい……」

音次郎は、物陰に潜んで見守った。

「はい……」

小者姿の五郎八が、箒《ほうき》を手にして教智院の裏手から出て来た。

五郎八の父っつあん……。

音次郎は戸惑った。

「何でございましょう」

五郎八は、富五郎に笑い掛けた。

「はい。浄慶さまにお逢いしたいのですが……」

「ああ。浄慶さまにございますか……」

「はい。おいでになりますか……」

「はい。御取次致しますが、どちらさまにございますか……」

「手前は献残屋秀宝堂富五郎と申します。御注文の品をお届けに参りました」

富五郎は名乗った。

「それはそれは、献残屋秀宝堂の富五郎さまにございますね。では、少々、お待ち下さい」

五郎八は、戸口の脇に箒を置いて教智院に入って行った。

富五郎は見送り、微かな苛立ちを過ぎらせた。

音次郎は見守った。

「音次郎……」

半次と半兵衛が、物陰にいる音次郎の許にやって来た。

「親分、旦那……」

「どうした……」

「五郎八の父っつあんが増上寺の小者に成りすまして富五郎の相手をしていますよ」

音次郎は、緊張した面持ちで告げた。

「五郎八の父っつあんが……」

半次は眉をひそめた。

「そいつは面白い……」

半兵衛は笑った。

「旦那、親分、音次郎……」

小者姿の五郎八が、教智院の裏手から駆け寄って来た。

「おう、五郎八……」

半兵衛は迎えた。

「富五郎の野郎が来たから、親分か音次郎が必ず追って来ると思いましたよ」

五郎八は笑った。

「で、富五郎、浄慶を訪ねてきたんだな」

「ええ……」

「浄慶はどうしている……」

「自分の部屋にいます」

「よし。ならば五郎八、富五郎が此の前、浄慶と逢った門前の料理屋……」

「花ノ家ですか……」

五郎八は身を乗り出した。

「うむ。その花ノ家に先に行って待っていろと伝えろ」

半兵衛は命じた。

「合点です。じゃあ……」

五郎八は、教智院の裏手に駆け去った。

「よし。半次、音次郎、富五郎と浄慶を見張ってくれ。私は先に花ノ家に行っている」

「承知……」

半次と音次郎は頷いた。

「じゃあ……」

半兵衛は、大門前の料理屋『花ノ家』に向かった。

半次と音次郎は、半兵衛を見送って教智院の表を窺った。

五郎八が教智院から現れ、待っていた富五郎に近付いた。

「お待たせ致しました……」

「いいえ。で、浄慶さまは……」

「今、檀家《だんか》さまがお見えなので料理屋の花ノ家に先に行って待っていてくれと……」

五郎八は、申し訳なさそうに告げた。

「分かりました。造作を掛けましたね。じゃあ……」

富五郎は、小さな風呂敷包みを抱えて大門前の料理屋『花ノ家』に向かった。

「御苦労さまにございます」

五郎八は、笑顔で見送った。

富五郎は小さな風呂敷包みを抱え、物陰にいる半次と音次郎の前を足早に通り過ぎて行った。

「音次郎、浄慶を頼む」

「合点です」

音次郎は頷いた。

半次は、富五郎を追った。


「お邪魔しますよ」

富五郎は、小さな風呂敷包みを持って料理屋『花ノ家』の暖簾を潜った。

「いらっしゃいませ……」

年増の女将が帳場から出て来た。

「私は献残屋の秀宝堂富五郎と云う者ですが、増上寺は教智院の浄慶さまと待ち合わせなんですが、座敷……」

「ああ。どうぞ、お上がり下さいませ。御案内致します」

年増の女将は微笑んだ。

「ささ、此方《こちら》のお座敷にございます」

年増の女将は、富五郎を座敷に案内した。

富五郎は、小さな風呂敷包みを持って続いた。

「さあ、どうぞ……」

年増の女将は、座敷の襖を開けて富五郎を促した。

「は、はい。じゃあ……」

富五郎は、戸惑いを覚えながら座敷に入った。


「やあ……」

半兵衛が座敷にいた。

「えっ……」

富五郎は、反射的に後退りした。

「おう……」

半次が背後におり、戸口を塞《ふさ》いでいた。

富五郎は狼狽えた。

「富五郎、ま、座りな……」

半兵衛は笑い掛けた。

「旦那のお言葉だぜ……」

半次は、立《た》ち竦《すく》んだ富五郎の両肩を背後から押した。

「は、はい……」

富五郎は、風呂敷包みを持ったまま押し付けられるように座った。

「富五郎、教智院の浄慶に逢いに来たそうだね……」

「は、はい……」

「浄慶に古田織部の金継ぎの茶碗を売りに来たのかな……」

半兵衛は、富五郎の持っている小さな風呂敷包みを見た。

「え、ええ……」

富五郎は頷いた。

「見せて貰おうか、織部の金継ぎの茶碗……」

半次が、富五郎から風呂敷包みを取り、半兵衛に差し出した。

半兵衛は、風呂敷包みを解き、古い桐箱の蓋《ふた》を取った。

古い由緒書《ゆいしよがき》と折紙《おりがみ》、袱紗《ふくさ》に包まれた古い金継ぎの茶碗が入っていた。

「此が旗本榊原家代々のお宝、織部の金継ぎ茶碗か……」

「は、はい……」

「そいつは妙だな。お前さん、預かり物の榊原家家宝の織部の金継ぎ茶碗、千両と一緒に盗まれたと云っていたね」

半兵衛は笑った。

「し、白縫さま……」

富五郎は凍《い》て付《つ》いた。

「盗まれた筈の預かり物の織部の金継ぎ茶碗を持っており、それを浄慶に売り捌こうとしている……」

富五郎は、半兵衛の言葉に小刻みに震え出した。

「そいつは、どう云う事だ。富五郎……」

半兵衛は、富五郎を厳しく見据えた。

「そ、それは……」

富五郎は、嗄《しゃが》れ声《ごえ》を震わせた。

「富五郎、盗人に千両と預かり物の茶碗を盗まれたってのは嘘偽り。盗人の押し込みを知ったお前が仕組んだ狂言《きょうげん》、猿芝居だな」

半兵衛は読んだ。

「し、白縫さま……」

富五郎は震えた。

「それとも何かい、押し込んだ盗人はお前自身だってのかい……」

半兵衛は苦笑した。

富五郎は項垂れた。

「献残屋秀宝堂富五郎、お上《かみ》を誑《たぶら》かして預かり物を売り捌き、大儲けを企んだ罪は重いよ」

半兵衛は、冷ややかに云い放った。

半兵衛は、半次に命じて献残屋秀宝堂富五郎を大番屋に引き立てさせた。そして、増上寺宿坊の教智院に戻った。

「半兵衛の旦那……」

音次郎と五郎八が迎えた。

「富五郎はお縄にして半次が大番屋に引き立てた。浄慶はいるね」

半兵衛は、教智院を眺めた。

「はい……」

音次郎は頷いた。

「よし。ちょいと釘を刺して来る。此処《ここ》で待っていてくれ」

「はい……」

音次郎と五郎八は頷いた。

半兵衛は、教智院に向かった。

「拙僧が浄慶ですが、何か……」

浄慶は、半兵衛に警戒の眼を向けた。

「私は北町奉行所の白縫半兵衛、献残屋秀宝堂富五郎、お縄にしたよ」

「えっ……」

浄慶は戸惑った。

「お前さん、富五郎に古田織部の金継ぎの茶碗を注文したそうだね」

「し、白縫さん……」

浄慶は緊張した。

「で、富五郎は預かり物の織部の金継ぎ茶碗を盗人に盗まれたと嘘を吐いた」

「……」

「嘘……」

「ああ。とんだ茶番、猿芝居でお上を誑かそうとした。お前の注文に応える為にね」

「そ、そんな。拙僧は何も知らぬ。何も存ぜぬ。富五郎が勝手にした事だ……」

浄慶は狼狽えた。

「安心しな。寺は寺社奉行の管轄、町奉行所の支配違い。私たちに出来る事は、寺社奉行に事の仔細《しさい》を報せるだけだ……」

半兵衛は笑った。

寺社奉行は、僧侶の僧籍を剝奪《はくだつ》し、仕置する権限を持つ。

「白縫さん……」

浄慶は、呆然として言葉を失った。

「邪魔したね」

半兵衛は座を立った。


半兵衛は、教智院を出た。

「旦那……」

音次郎が駆け寄った。

「おう、待たせたね。帰るよ」

「はい。ですが、五郎八の父っつあん、いなくなっちまって……」

音次郎は、戸惑いを浮かべて辺りを見廻した。

「五郎八がいなくなった……」

半兵衛は眉をひそめた。

「ええ。まさか、増上寺のお宝でも狙っているんじゃあないでしょうね」

音次郎は、増上寺本堂の大伽藍《だいがらん》を眺めた。

「そうかもしれぬが。千両と預かり物の茶碗が盗人に盗まれたってのが狂言と知れたら、次は本当に押し込みを働いた盗人だ……」

半兵衛は告げた。

「五郎八の父っつあん、それで……」

「ああ。逸早く姿を消したって処だろう。何しろ、一人で千両と織部の金継ぎ茶碗を盗んだ大盗賊だからな」

半兵衛は苦笑し、大門に向かった。

音次郎は続いた。

「良いんですか、追わなくて……」

音次郎は眉をひそめた。

「ま、用があれば、自分から出て来るだろう」

「えっ……」

「世の中には私たちが知らん顔をした方が良い事があるからね……」

「用があれば、出て来ますか……」

「きっとね……」

「そうですね。出て来ますね。何たって大盗賊の隙間風の五郎八ですもんね」

音次郎は苦笑した。

「ああ。大盗賊だ……」

半兵衛は笑った。

鬢《びん》の解《ほっ》れ毛《げ》が微風《そよかぜ》に揺れた。


大久保忠左衛門は、富五郎を遠島の刑に処し、献残屋『秀宝堂』を闕所《けっしょ》にした。

半兵衛は、古田織部の金継ぎ茶碗を持ち主である旗本榊原伊織に返した。

そして、隙間風の五郎八は現れず、大盗賊の噂だけが残った。

この作品は双葉文庫のために書き下ろされました。

双葉文庫

ふ-16-60

新《しん》・知《し》らぬが半兵衛手控帖《はんべえてびかえちょう》

お多福《たふく》

2023年1月15日　第1刷発行

【著者】

藤井邦夫《ふじいくにお》

【発行者】

箕浦克史

【発行所】

株式会社双葉社

〒162-8540 東京都新宿区東五軒町3番28号

［電話］03-5261-4818(営業部)　03-5261-4868(編集部)

www.futabasha.co.jp(双葉社の書籍・コミックが買えます)

【印刷所】

中央精版印刷株式会社

【製本所】

中央精版印刷株式会社

【フォーマット・デザイン】

日下潤一

ISBN978-4-575-67144-5 C0193
Printed in Japan

金子成人

ごんげん長屋つれづれ帖【五】
池畔《ちはん》の子

長編時代小説〈書き下ろし〉

お勝たちの向かいに住まう青物売りのお六の、とある奇妙な行為。その裏には、お六の背負う哀しい真実があった。大人気シリーズ第五弾!

坂岡真

はぐれ又兵衛例繰控《れいくりびかえ》【一】
駆込み女

長編時代小説〈書き下ろし〉

南町の内勤与力、天下無双の影裁き! 「はぐれ」と呼ばれる例繰方与力が頼れる相棒と悪党退治に乗りだす。令和最強の新シリーズ開幕!

坂岡真

はぐれ又兵衛例繰控《れいくりびかえ》【二】
鯖断《さばだ》ち

長編時代小説〈書き下ろし〉

長元坊に老婆殺しの疑いが掛かった。南町の協力を得られぬなか、窮地の友を救うべく奔走する又兵衛のまえに、大きな壁が立ちはだかる。

坂岡真

はぐれ又兵衛例繰控《れいくりびかえ》【三】
目白鮫《めじろざめ》

長編時代小説〈書き下ろし〉

前夫との再会を機に姿を消した妻静香。捕縛した盗賊の疑惑の牢破り。すべての因縁に決着をつけるべく、又兵衛が決死の闘いに挑む。

坂岡真

はぐれ又兵衛例繰控《れいくりびかえ》【四】
密命にあらず

長編時代小説〈書き下ろし〉

非業の死を遂げた父の事件の陰には思わぬ事実が隠されていた。父から受け継いだ宝刀和泉守兼定と矜持を携え、又兵衛が死地におもむく!

坂岡真

はぐれ又兵衛例繰控《れいくりびかえ》【五】
死してなお

長編時代小説〈書き下ろし〉

殺された札差の屍骸のそばに遺された、又兵衛の義父、都築主税の銘刀。その陰には、気高く生きる男の、熱きおもいがあった――。

坂岡真
はぐれ又兵衛例繰控《れいくりびかえ》【六】
理不尽なり
長編時代小説〈書き下ろし〉
女房を守ろうとして月代侍を殺めてしまった男に下された理不尽な裁き。夫婦の無念のおもいを胸に、又兵衛が復讐に乗りだす――。

芝村凉也
北の御番所 反骨日録【一】
春の雪
長編時代小説〈書き下ろし〉
男やもめの屁理屈屋、道理に合わなければ上役にも臆せず物申す用部屋手附同心・裄沢広二郎の奮闘を描く、期待の新シリーズ第一弾。

芝村凉也
北の御番所 反骨日録【二】
雷鳴
長編時代小説〈書き下ろし〉
深川で菓子屋の主が旗本家の用人に無礼討ちにされた。この一件の始末に納得のいかない同心の裄沢は独自に探索を開始する。

芝村凉也
北の御番所 反骨日録【三】
蟬時雨
長編時代小説〈書き下ろし〉
療養を余儀なくされた来合に代わって定町廻りのお役に就いた裄沢広二郎の前に現れた人足姿の男。人目を忍ぶその男は、敵か、味方か⁉

芝村凉也
北の御番所 反骨日録【四】
狐《きつね》祝言《しゅうげん》
長編時代小説〈書き下ろし〉
盟友の来合轟次郎と美也の祝言を目前に控え、段取りを進める裄沢広二郎。だが、その二人の門出を邪魔しようとする人物が現れ……。

芝村凉也
北の御番所 反骨日録【五】
かどわかし
長編時代小説〈書き下ろし〉
用部屋手附同心、裄沢広二郎を取り込もうと近づいてきた日本橋の大店、鷲巣屋の主。それを撥ねつけた裄沢に鷲巣屋の魔手が伸びる。

藤井邦夫

新・知らぬが半兵衛手控帖

狐の嫁入り

時代小説〈書き下ろし〉

行方知れずだった薬種問屋の若旦那が嫁を連れて帰ってきた。その嫁、ゆりに不審な動きが。知らん顔がかっこいい、痛快な人情裁き！

藤井邦夫

新・知らぬが半兵衛手控帖

隠居の初恋

時代小説〈書き下ろし〉

吟味方与力・大久保忠左衛門の友垣が年甲斐もなく、後家に懸想しているかもしれない。連れ立って歩く二人を白縫半兵衛が尾行ると……。

藤井邦夫

新・知らぬが半兵衛手控帖

戯《たわ》け者

時代小説〈書き下ろし〉

昼間から金貸し、女郎屋、賭場をめぐる。旗本の部屋住みの、絵に描いたような戯け者を尾行た半兵衛たちは、その隠された意図を知る。

藤井邦夫

新・知らぬが半兵衛手控帖

招き猫

時代小説〈書き下ろし〉

ある晩、古い茶店に何者かが忍び込み、床下に大きな穴を掘っていった。何も盗まず茶店を後にした者の目的とは!? 人気シリーズ第九弾。

藤井邦夫

新・知らぬが半兵衛手控帖

再縁話

時代小説〈書き下ろし〉

臨時廻り同心の白縫半兵衛に、老舗茶道具屋の出戻り娘との再縁話が持ち上がった。だが、その茶道具屋の様子を窺う男が現れ……。

藤井邦夫

新・知らぬが半兵衛手控帖

古傷痕《ふるきず》

時代小説〈書き下ろし〉

顔に古傷のある男を捜す粋な形の年増女。湯島天神の奇縁氷人石に託したその想いとは!? 人気時代小説、シリーズ第十一弾。

藤井邦夫　新・知らぬが半兵衛手控帖　**一周忌**　時代小説〈書き下ろし〉

愚か者と評判の旗本の倅・北島右京が姿を消した。さらに右京と連んでいた輩の周辺には総髪の浪人の影が……。人気シリーズ第十二弾。

藤井邦夫　新・知らぬが半兵衛手控帖　**偽坊主**　時代小説〈書き下ろし〉

質屋や金貸しの店先で御布施を貰うまで経を読み続ける托鉢坊主。怒鳴られても読経をやめぬ坊主の真の狙いは？　人気シリーズ第十三弾。

藤井邦夫　新・知らぬが半兵衛手控帖　**天眼通《てんがんつう》**　時代小説〈書き下ろし〉

往来で馬に蹴られた後、先の事を見透す不思議な力を授かった子守娘のおたま。奉公先の隠居が侍に斬られるところを見てしまい……。

藤井邦夫　新・知らぬが半兵衛手控帖　**埋蔵金**　時代小説〈書き下ろし〉

埋蔵金騒動でてんやわんやの鳥越明神。そんな中、境内の警備をしていた寺社方の役人が殺害された。知らん顔の半兵衛が探索に乗り出す。

藤井邦夫　新・知らぬが半兵衛手控帖　**隙間風**　時代小説〈書き下ろし〉

藪医者と評判の男を追いまわす小柄な年寄りがいた。その正体は盗人〈隙間風の五郎八〉。北町同心の白縫半兵衛は不審を抱き探索を始める。

藤井邦夫　新・知らぬが半兵衛手控帖　**律義者**　時代小説〈書き下ろし〉

旗本成島家当主の平四郎が嫡男の元服後に姿を消した。白縫半兵衛が探索を開始すると、平四郎の朋友がある女の行方を追い始める。